LE MESSIE DE STOCKHOLM

Critique littéraire dans un journal suédois, Lars Andemening est un enfant adopté. Il est persuadé d'être un réfugié polonais, arrivé en Suède à la fin de la Seconde Guerre mondiale, et que son véritable père n'est autre que l'écrivain Bruno Schulz, l'auteur des *Boutiques de cannelle*. Avec l'aide d'Heidi, bibliophile qui tient une librairie, il se lance dans la quête de ses origines présumées et d'un manuscrit perdu de Schulz, *Le Messie*...

Qui cherche trouve. Lorsque Lars tient enfin entre ses mains le précieux manuscrit, sa raison vacille. Ce livre existe-t-il, ou bien est-ce l'œuvre d'un habile faussaire ? Ces gens qui l'entourent – la libraire et son mari, l'énigmatique Dr Eklund, Adela, qui se prétend la fille naturelle de Schulz – ne sont-ils pas des imposteurs ? Et lui, Lars, n'est-il pas le double d'un écrivain saisi par le vertige des apparences ?

Née dans le Bronx, d'origine russe, Cynthia Ozick est une « sorte de Flannery O'Connor juive » (Edmund White). Lauréate de la fondation Guggenheim, de l'American Academy and National Institute of Arts and Letters, elle écrit dans le New Yorker *et le* New York Times. *Elle a notamment publié* Le Châle, Le Rabbi païen, La Galaxie cannibale *et récemment* Un monde vacillant *(L'Olivier, 2005).*

DU MÊME AUTEUR

La Galaxie cannibale
Mazarine, 1986
et « 10/18 », n° 2176
rééd. Stock, 1997

Le Rabbi païen
Payot, 1988
et Rivages/poche,
« Bibliothèque étrangère », n° 29

Le Châle
Éditions de l'Olivier, 1991
et « Points », n° P 1371

Lévitation
Éditions de l'Olivier, 1993

Un monde vacillant
Éditions de l'Olivier, 2005

Cynthia Ozick

LE MESSIE DE STOCKHOLM

Traduit de l'anglais (États-Unis)
par Jean-Pierre Carasso

Éditions de l'Olivier

La première édition en langue française de cet ouvrage
a paru aux éditions Payot en 1988

TEXTE INTÉGRAL

TITRE ORIGINAL
The Messiah of Stockholm

ÉDITEUR ORIGINAL
Alfred A. Knopf, New York

ISBN 2-02-083840-0
(ISBN 2-228-88004-3, 1re publication
ISBN 2-02-012419-X, 1re publication poche)

www.seuil.com

À Philip Roth

Mon père ne se lassait jamais de glorifier cet élément extraordinaire, la matière.

« Il n'y a pas de matière morte, nous enseignait-il, l'absence de vie n'est qu'un déguisement derrière lequel se cachent des formes de vie inconnues. La gamme de ces formes est infinie et leurs teintes et leurs nuances sont sans limites. Le Démiurge était en possession de recettes créatrices importantes et intéressantes. Grâce à elles, il créa une multitude d'espèces qui se renouvellent par leurs propres moyens. Nul ne sait si ces recettes seront jamais reconstituées. Mais cela n'est pas nécessaire, car même s'il s'avérait que les méthodes classiques de la création sont à jamais inaccessibles, il resterait encore quelques méthodes illicites, une infinité de méthodes hérétiques et criminelles. »

Bruno Schulz, *La Rue des crocodiles.*

Jag är stjärnam som speglar sig i dig.

. . .

Din själ är mitt hem. Jag Har Inget annat.

Je suis l'étoile qui se reflète en toi.

. . .

Ton âme est ma demeure. Je n'en ai pas d'autre.

Pär Lagerkvist, *Aftonland.*

1

A trois heures de l'après-midi — quand, dans le monde entier, la marmite littéraire déborde, que l'essaim grouillant des potins arrive au paroxysme de son déchaînement dans le bureau des critiques littéraires des journaux, et que le ciel d'automne au-dessus de Stockholm s'apprête à faire tomber un crépuscule translucide (coquille d'œuf protégeant un vitellus bleu-noir) sur la ville de flèches et d'eau —, à cette heure larmoyante et pourtant exaltée, on aurait trouvé Lars Andemening dans son lit : il faisait la sieste. Encore qu'il n'y eût personne pour s'aviser de l'y chercher. Il n'avait pas d'épouse ; son appartement n'était guère plus grand qu'une fente dans un mur et toute visite y constituait un événement biennal ; et l'édredon, entassé sur lui-même à gros replis, formait un tas enchevêtré qui pouvait aussi bien signaler — ou pas — que Lars se trouvait en dessous. De fait, il y fut presque tous les après-midi, de novembre jusqu'au début d'un certain mois de mars dépouillé et harassant, qui le vit y renoncer ; mais personne ne le sut.

Il vivait à dix minutes de marche du *Morgontörn*, son employeur — quotidien relativement jeune d'un caractère encore mal établi, en concurrence pour la clientèle du matin avec le vieux et majestueux *Dagens Nyheter* et le respectable *Svenska Dagbladet*. Lars lui-même était, du moins en apparence, assez jeune ; il avait quarante-deux ans et en faisait beaucoup moins, probablement parce qu'il était maigre et qu'on lui voyait les os, et qu'il n'arborait nulle bedaine sous la boucle de sa ceinture. Mais il y avait aussi quelque chose dans son visage qui ouvrait sur l'immaturité — quelque chose de pas abouti, une nuance d'indécision. La main d'un créateur indifférent avait brouillé sa bouche, son menton et sa pomme d'Adam. On le traitait souvent comme s'il en était à ses débuts, à rassembler ses forces viriles encore bourgeonnantes contre la vie.

A la vérité il avait été marié et deux fois plutôt qu'une. Chaque fois il avait vécu, une décennie en tout, dans un appartement présentable et convenablement meublé : un lustre de cristal avec la première épouse, un lit bateau avec la seconde, et, avec les deux, des bougies basses dans des globes de verre éparpillées çà et là qu'on allumait et qui palpitaient au crépuscule. Il avait derrière lui beaucoup du sort ordinaire d'un bourgeois, et il l'avait perdu non par intention mais par usure.

Aucune des deux femmes ne l'avait aimé longtemps. Birgitta se plaignait de quelque chose d'irrégulier — de non digéré — dans son esprit. Ulrika lui avait fait la guerre et volé leur fille ; il apprit de la femme plaintive qui avait été sa belle-mère qu'elles étaient parties pour l'Amérique. Son ex-belle-mère n'avait pas de colère contre lui — elle le considérait comme une espèce d'orphelin.

La mère d'Ulrika n'était pas intelligente, mais elle ne se trompait pas de beaucoup. Lars Andemening croyait être une âme en suspens : quelqu'un qu'on avait poussé hors de son chemin. Sa place était ailleurs. Il avait fabriqué son nom lui-même et de toutes pièces. Il n'avait confié à presque personne — ni à ses épouses, pendant toutes ces années, ni à aucun de ses collègues du *Morgontörn*, où il publiait ses critiques une fois par semaine — ce qu'il comprenait à son propre propos : qu'il était le fils d'un homme assassiné, un homme abattu dans les rues voilà plus de quarante ans, en Pologne, tandis que le fils était encore dans le ventre de la mère. C'était quelque chose qu'il savait et gardait enfoui. Il y avait un danger là-dedans, non seulement parce que ce n'était pas conforme — il avait été saisi dans sa petite enfance par une histoire contre nature — mais parce que ce père était une légende, un rêve ; ou, plus exactement, un germe errant rejeté par un cadavre. Lars n'avait jamais appris le nom de sa mère, mais son père était devenu sa manie.

Son père, professeur de dessin dans un lycée, avait mené une vie obscure dans une obscure ville de Galicie : il était l'auteur de contes très particuliers. Il s'appelait Bruno Schulz. Par intérêt pour ces contes, Lars s'était imprégné de polonais, d'abord tout seul, et par la suite avec une Polonaise excentrique d'un certain âge, professeur de littérature de l'université de Cracovie à la retraite ; elle s'était enfuie pour se réfugier à Stockholm avec son mari juif pendant l'effervescence de 1968. Ses origines, disait-elle, étaient élevées, une famille de vieille souche, habituée à la rigueur et aux obligations de la noblesse — avec elle il en aurait pour son argent. Elle poussait durement son élève et jeta Lars tout droit des rudiments dans les forêts broussailleuses des modernistes de l'entre-deux-guerres. Lars avait fini par acquérir une certaine rapidité. Il lisait, la langue embarrassée mais l'œil vif, en quête des contes de son père.

A cause de son père Lars s'arrangea pour rétrécir. Il avait le sentiment de lui ressembler : tous les contes avaient pour sujet des hommes qui rétrécissaient de plus en plus en s'enfonçant dans le monde fantasmagorique de l'esprit. L'un de ces récits était l'histoire d'un homme dans son sommeil, sa chute entre les draps — comme un nageur à contre-courant ; comme le prisonnier d'une grande jatte de pâte à crêpe.

2

En rejetant ses vieilles habitudes conjugales, Lars n'avait conservé que le matériel de peinture de sa petite fille. Le téléphone par le truchement duquel il avait eu tant de disputes avec Ulrika après qu'elle se fut enfuie avec l'enfant — dehors ! La machine à écrire qui le liait à la marmite littéraire — dehors ! Il avait l'intention de purifier sa vie. Quiconque voulait entrer en contact avec lui devait passer par la standardiste du *Morgontörn*. Toutes ces circonstances — ces attributs — conféraient à Lars, Dieu sait comment, le visage d'un fœtus ; comme s'il avait attendu que son défunt père le trouvât, bien décidé à demeurer reconnaissable.

Pourtant il avait depuis bien longtemps commencé à grisonner. Le haut pelage qui garnissait son crâne était parcouru d'un filigrane de la couleur du fromage de chèvre, et entre ses yeux d'une beauté entière s'ouvraient deux profondes rides verticales. Il était probablement au bord d'avoir besoin de verres ; il avait l'habitude de tirer sur les muscles de ses sourcils, ce qui avait pour effet de plisser ses paupières, lesquelles, ainsi rétrécies et abaissées, aiguisaient sa vue et creusaient les deux rides. En dépit de ces grimaces et de ce grisonnement, il pouvait encore passer, aux yeux d'un inconnu dans l'ascenseur, pour un garçon de courses.

Au *Morgontörn* il était l'un des trois critiques. Les autres étaient Gunnar Hemlig, critique du mercredi, et Anders Fiskyngel, qui avait le vendredi. A Lars on avait collé le lundi : il était établi depuis longtemps que personne n'accordait la moindre attention à la page culturelle du lundi matin. Dans l'autobus on voyait les gens passer en bâillant directement des manchettes au courrier des lecteurs, où s'exprimait avec une belle endurance la mauvaise humeur des ennemis de l'alcool. A mesure que s'écoulait la semaine, la somnolence qui caractérisait le lectorat des premières éditions du *Morgontörn* commençait à se dissiper. Quand arrivait le mercredi, les lecteurs étaient prêts pour Gunnar qui faisait autorité dans le domaine du roman américain contemporain ; il était aussi chargé d'un cours qu'il intitulait, dans les ondulations de son ricanement bien reconnaissable : « Le mariage de Norman Mailer et d'Erika Jong ». Le vendredi, Anders — le plus favorablement placé — trouvait les lecteurs du *Morgontörn* ouverts à tous les éclats de son humeur. Romans d'espionnage, têtes couronnées, sports, arts culinaires — Anders était insolent dans toutes ces catégories, et l'éventail de ses spécialités négatives ne cessait de s'élargir. Les clients du vendredi étaient bien éveillés. Près du quart de toutes les lettres que recevait le *Morgontörn* étaient adressées à Anders Fiskyngel ; c'était une espèce de provocateur, particulièrement au sujet du pain sans levain. Il dirigeait sa hargne contre tous les livres de cuisine qui en faisaient l'éloge. C'était, disait-il, un exemple du provincialisme suédois.

Peu de lettres arrivaient pour Lars Andemening. Les lundis ne valaient rien. Lars n'était pas lu, il n'était pas ennuyé, ni attaqué ; il était libre. C'était cette liberté qui l'envoyait au lit avant le soir — et pas par indolence. Sur le mur, au-dessus de son lit, il avait collé deux devises :

LÉONARD DE VINCI LUI-MÊME NE DISPOSAIT QUE DE VINGT-QUATRE HEURES PAR JOUR

***

ARCHIMÈDE DORMAIT PARFOIS, LUI AUSSI

Ce n'étaient pas des blagues. Contrairement à Gunnar, Lars était insensible à la muse comique. Il avait la simplicité de style que confère une gravité consommée. Il s'était depuis longtemps jeté sur l'autel de la littérature. S'il dormait — en secret — dans l'après-midi, c'était pour extorquer deux journées à une seule.

Le matin il lisait. Cela voulait dire qu'il

commençait à la première page et finissait à la dernière. Il n'était ni de ceux qui écrèment ni de ceux qui reniflent ; il lisait méticuleusement, comme si, nageant, on l'avait filmé au ralenti. Le texte l'emportait dans son flot et le consumait — il était comme un homme (le prisonnier des draps du conte de son père) qui se noyait entraîné par un courant sous-marin. Lentement, lentement, le cinéma imaginaire enregistrait les grosses goulées qu'il aspirait dans son refus de la noyade. La lecture était pour lui aussi épuisante que les lourdes et longues brasses de celui qui se noie. Il y donnait toute sa puissance. Puis il se préparait un bol de bouillie et s'affalait dans le désert de son édredon.

Lorsqu'il s'éveillait à sept heures à la nuit noire, il se sentait bizarrement gras — il était rassasié de son idée, il comprenait ce qu'il pensait. Il s'asseyait immédiatement pour rédiger sa critique. Il l'écrivait comme la lampe brûle l'huile, tout d'une traite. C'était comme si sa plume, crachotant au long de la ligne des lettres rapides qu'elle allumait, avait projeté des halos de graisse brûlante. L'air en était illuminé avant de se calciner. Il était très rapide désormais, il était encyclopédique, il était en proie à une crise, à une inondation. Il traversait toutes les hypothèses encagées de son auteur — certaines allaient et venaient ouvertement derrière les barreaux, d'autres étaient camouflées, tachetées, il était derviche, il pénétrait tout.

Quand la victoire était en vue, le vertige commençait à lui brouiller la tête ; il était un peu effrayé de tout ce qu'il savait. Un bec luisant l'arrachait à son échelon ordinaire pour le placer en un lieu élevé qui échappait à sa maîtrise. Quelque chose se produisait en lui pendant qu'il dormait. Ce n'était pas un sommeil rafraîchissant ou réparateur. Il ne rêvait point. Après, ses paupières s'ouvraient d'un seul coup — clic ! comme celles d'une marionnette, et il *voyait* : ce qu'il voyait, avant même d'en avoir formulé un seul mot, c'était son ouvrage terminé. Il le voyait comme une espèce de vaisseau, courbe, poli, creusé. Dans son creux reposait un œuf d'albâtre doté d'une seule tache scintillante ; non, pas un œuf ; un globe, merveilleusement rond. Un œil. Un œil humain : et d'ailleurs pas le sien. L'œil de son père assassiné.

3

On ne sait trop pourquoi Gunnar Hemlig et Anders Fiskyngel, qui étaient ennemis — anciens combattants —, toléraient tous deux Lars. Ils n'avaient pas d'affection pour lui, mais il ne représentait guère de danger et était rarement dans leurs jambes. Contrairement à Gunnar et à Anders, Lars — peut-être à cause de l'ignominie du lundi — n'avait pas de bureau à lui. Il ne se montrait au *Morgontörn* que pour remettre son travail et prendre ses messages. Il se tenait à l'écart de la plupart des conversations, ignorait les potins et, à l'égard des intrigues de bureau, semblait presque un nouveau-né. Il s'amenait à dix heures, généralement le jeudi soir, pour taper son manuscrit. Souvent il se servait de la machine d'Anders dans le petit bureau de ce dernier s'il n'était pas là ; ou alors il prenait celle de Gunnar. Parfois ils étaient absents tous les deux. Mais il n'était pas rare non plus que les deux fussent occupés à fumer ou à lire, chacun dans son box, quand Lars arrivait, et dans ces occasions Lars errait comme un fantôme angoissé à la recherche d'un bureau et d'une machine libres. Il s'asseyait dès qu'il trouvait un siège vide pour s'escrimer contre les touches perverses du clavier. Par manque de pratique il faisait un mauvais dactylo. Il frappait d'ordinaire des *j* à la place des *t*, produisant des mots bizarres *.

— C'est le suédois tel qu'on l'écrit dans le Dakota du Nord, disait Gunnar parcourant des yeux la feuille de Lars.

— C'est si petit et si encombré, chez moi, s'excusait Lars, qu'il faut choisir entre une machine à écrire et des chaussettes propres.

— Peut-être que si tu tapais directement sur tes chaussettes, tu obtiendrais un exemplaire assez propre, répondit Gunnar un soir qu'Anders était absent.

Les lieux résonnaient d'un murmure spectral — le plancher avait une manière bien à lui de craquer, de gronder, voire de temps à autre de siffler sous les pieds. La rédaction du *Morgontörn* était installée dans Gamla Stan, la vieille ville, une fois tourné le coin de la Bourse et de l'Académie, dans un quartier intelligemment réhabilité pour le pittoresque. Mais le dernier menuisier qui se fût occupé des bâtiments négligés et branlants qui abritaient le journal avait posé son marteau voilà

* Sur un clavier suédois, bien sûr *(N.d.T.)*.

près de quatre-vingts ans; de sorte que le *Morgontörn* n'était pittoresque que depuis la rue. A l'intérieur, tout était ingénieusement malcommode. Le bas de la façade parlait encore de la taverne (qui s'appelait elle aussi *Morgontörn*, hommage à d'antiques festivités qui se poursuivaient jusqu'à l'aube) qui avait occupé les lieux cent cinquante ans auparavant. Le personnel prétendait à la blague que la plomberie avait été installée par le prédécesseur de la taverne, un apothicaire du XVIIIe siècle, dont on disait qu'il avait inventé, en un rêve futuriste, la chasse d'eau à chaîne et à poignée. L'ascenseur était une incommodité qui pouvait emporter jusqu'à deux personnes à condition que l'une d'elles fût convenablement squelettique.

Lars était assez mince pour toutes circonstances. Gunnar avait fait remarquer qu'il ressemblait exactement au bâtiment qui abritait le *Morgontörn*. Gris, haut et étroit, ce dernier comptait six étages délabrés. La rédaction des pages culturelles occupait le dernier où un régiment de souris bien disciplinées avait son quartier général. Les livres s'entassaient sur toutes les surfaces disponibles. Les souris les consommaient en bon ordre, les préfaces pour amuse-gueule et les index pour dessert. Des gratte-ciel de volumes grignotés s'élevaient en chancelant depuis le plancher, s'arc-boutant parfois contre les boiseries raccommodées.

— C'est du suédois du Minnesota, disait Gunnar.

Au lieu de *tolerans,* Lars avait tapé *jolerans* ; au lieu de *takt, jakt.*

— Tu sais ce qu'il te faudrait, Lars ? L'informatisation. Encore que si ça n'est pas Apple ou IBM, moi je n'en veux pas. Tu peux faire confiance à Nilsson, il n'achètera que des appareils japonais, je suis prêt à parier. D'ailleurs on n'en est pas là. L'installation électrique, dans l'état où elle est, n'y résisterait pas, et Nilsson prétend qu'il n'obtiendra la permission de refaire le câblage que s'il arrive quelque chose aux murs — Dieu sait quoi. Qu'ils s'effondrent, peut-être.

— Je me contente de mon stylo, dit Lars.

Il biffa *jakt* et tapa *takt.* Il était maladroit avec les machines mais son style était pur. Les critiques de Gunnar, à l'inverse, étaient truffées d'américanismes. Gunnar adorait tout ce qui était américain, jusqu'à leur faux fromage ; lors de son dernier voyage à New York il avait rapporté trois kilos de Velveeta pour en faire cadeau à sa femme.

— Tu sais depuis combien de temps ils sont informatisés à l'*Expressen* ? dit Gunnar.

— J'aime autant être ici, dans la vieille ville.

— Bah, tu y es à ta place, dit Gunnar. Gogol, Balzac — Lucien de Rubempré ne possédait pas de machine à écrire lui non plus. Bravo, voilà les murs qui s'effondrent !

Un grondement, une vibration. C'était l'ascenseur qui montait.

— Si c'est Anders, dit Lars, il faut que je finisse ça. Il aura besoin de son bureau.

— Il aura besoin de ce qui est dedans !

Gunnar ouvrit un tiroir. La bouteille qu'Anders avait entamée y était allongée.

— Tu es une exception ici, Lars. Tout le monde n'a pas les belles-lettres en tête nuit et jour. Certains y ont de la flotte et d'autres du vin.

La question de Lars et des belles-lettres constituait l'un des intermèdes comiques favoris de Gunnar : elle marquait souvent le début d'une diatribe contre Anders. Anders, soutenait Gunnar, se servait des colonnes enviées du vendredi pour éructer et pleurnicher ; il avait déclaré la guerre à l'amour-propre suédois. C'était un antipatriote. Les Suédois sont des gens timides, trop modestes pour supporter la louange, trop réservés. Mais Anders avait retourné la timidité comme un gant ; avec Anders ce n'était qu'autodénigrement, autoaccusation, autodestruction. Cela venait du fait qu'il était finnois en partie du côté de sa mère — comment s'attendre à un quelconque optimisme solaire chez un Finnois ?

— Il crache dans la soupe, poursuivit Gunnar. En Amérique les petits pains plats sans levain sont tout ce qu'il y a de plus chic. On y étale du caviar. Voilà où on en arrive. Il salit tout, il gâche tout. Quand a-t-il dit du bien de quelque chose dans une de ses chroniques pour la dernière fois ? Il rouspète contre tous les écrivains depuis Strindberg. Et rien ne lui échappe, pas même, que Dieu nous vienne en aide, notre pain quotidien.

— *Heig*, dit Anders ; son manteau était saupoudré de neige que la fonte muait rapidement en larmes. Tiens, un mot pour toi, Lars. Mme Eklund, qui est-ce ? Cette petite imbécile en bas, tout reste en souffrance. Je vois que c'est daté de la semaine dernière.

Lars s'empara du morceau de papier et le fourra dans sa poche.

— Il ne reste plus que ce dernier paragraphe. Encore deux phrases.

Anders jeta ses caoutchoucs dans un coin. Une souris surprise, si jeune qu'elle n'était encore qu'une enfant de troupe, jaillit de derrière un classeur.

— Mme Eklund, répéta-t-il. Si tu commences par prendre la femme d'un autre, Lars, il ne faut pas s'étonner que tu prennes aussi le bureau et le siège d'autrui. Pour ne rien dire de la vodka.

Il examina ce que Lars était en train de taper.

— Tu as mis *jalteori* au lieu de *talteori*.

— Un lundi, dit Gunnar. Qui s'en apercevra ?

— Mon tiroir est ouvert, dit Anders.

Lars s'empressa de déclarer :

— J'ai cherché une gomme...

— Personne n'a touché à ta vodka, dit Gunnar.

Cette Mme Eklund, n'est-ce pas celle qui t'a trouvé ton professeur de polonais, Lars ?

— Encore une étrangère, dit Anders. Dites-moi, on est à Stockholm ou à Tombouctou ?

— Elle possède une librairie, dit Lars, il m'arrive de lui passer des commandes.

— Ben voyons, dit Gunnar.

— La ville est pleine de Polonais et de Turcs. Détérioration du caractère suédois. Décadence de l'Europe. Les papiers gras envahissent le centre de Stockholm. Adultère dans les librairies. Si tu branchais la bouilloire, Lars ?

— Faut que je m'en aille, dit Lars.

— Branche d'abord la bouilloire, tu veux bien ? Il n'est rien comme une goutte de vodka dans un petit verre de thé pour se réchauffer.

Lars prit la bouilloire électrique d'Anders et gagna dans le corridor le robinet situé juste à l'extérieur des toilettes des hommes. L'eau, d'abord rouillée, coulait à peine en un mince filet. Il attendit qu'elle s'éclaircisse pour remplir la bouilloire. Pendant ce temps-là, il repêcha le message au fond de sa poche : Mme Eklund a téléphoné à propos de votre sœur. Cette petite imbécile en bas. Une erreur. Il n'avait pas de sœur. Quand il regagna le bureau d'Anders, ce dernier était en train de rouler son manteau mouillé sur le classeur et Gunnar lisait à haute voix, avec des accents liturgiques, la première phrase du tapuscrit de Lars : « Voici un univers aussi confiné qu'un piège, où les seuls héros sont des victimes, où le mutisme est réservé aux intrépides. »

— Voyez-vous ça, dit Gunnar. La terreur qu'a dû éprouver ta mère. Je veux dire quand elle était enceinte de toi. Elle a dû être agressée par la forme de littérature la plus élevée.

— Mauvais signe, dit Anders, que ce professeur de polonais.

— Ne touche pas à mes papiers, dit Lars.

— *Mea culpa,* dit Gunnar en s'inclinant. Ce qui cloche chez toi, Lars, c'est que tu es une belle âme. Un critique dans un quotidien ne devrait pas être une belle âme. Cela conduit aux belles-lettres, qui débouchent sur l'exaltation et d'autres formes de déclin.

— Cette mare, dit Anders, notre petite mare de traducteurs et de caméléons. Le suédois, langage secret. Qui d'autre le connaît en dehors des Suédois ? Qui donc se précipite pour apprendre les langues des autres peuples ? La paralysie de l'identité suédoise. Verse l'eau, Lars.

— Les Polonais sont exactement pareils. Les Tchèques, les Hongrois. Nous ne sommes pas en plus mauvaise posture que les autres, objecta Gunnar. Pourquoi s'en prendre aux Suédois ?

Lars emplit la tasse de porcelaine rose d'Anders et ce dernier versa avec magnanimité une longue mesure de vodka avec la bouteille qui était dans son bureau.

— La moitié de la population de Stockholm se croit composée de philosophes français. Et l'autre moitié — Anders regarda directement Gunnar — est faite d'aboyeurs de cirque.

Lars coiffa violemment sa casquette de tricot et ramassa ses pages.

— Je vais poser ça sur la table de Nilsson, bonsoir, messieurs.

— Une visite nocturne, s'enquit Anders, au professeur de polonais ?

— Je ne la vois plus.

— Je vais te dire ce qui ne va pas chez toi, Lars. L'Europe centrale, voilà ce qui ne va pas chez toi.

Gunnar tourna le dos à Anders, qui laissait la vapeur montant de sa tasse s'enfourner dans les deux cheminées de son nez redoutable dont l'angle droit, rattaché très haut aux ailes, suffisait à cacher l'autre côté de son visage.

— Prague et Vienne et Cracovie. Un rien de Budapest, une pincée de Bucarest. Ajoutes-y Dubrovnik et une poignée de misanthropes parisiens. Tu peux à la rigueur appeler Borges à la rescousse, mais autrement ce ne sont que les cinglés du centre. Tu crois que mes lecteurs du mercredi ont entendu parler un jour de ce Danilo Kiš ? Tu en fais tout un plat mais ils n'en ont jamais entendu parler. Quand on aura déménagé la Yougoslavie pour l'amener en Norvège ça vaudra peut-être le coup d'y jeter un œil en voisin.

— Notre Mme Eklund, insista Anders, peut-elle recommander un professeur de serbo-croate ? Sans oublier la pulpe de citron pressée là-bas dans les vergers d'agrumes de Californie — Adrian Leverkühn, Dr Faustus ! Kafka, Musil, Broch, Canetti, Jabès et Kundera. Ces gens-là, et n'ignorons pas les dames, comment s'appelle-t-elle, Sarraute ? Plus c'est abscons, mieux ça vaut. La quête de l'impénétrable. Prince de l'indéchiffrable. Voilà ce qui consume le cerveau du lundi. Avec Lars nous avons un Faust du lundi.

Lars finit de nouer son écharpe.

— Messieurs, je m'en vais.

L'ascenseur descendit en ferraillant, brinquebalant au bout de câbles archi-usés. Tout le long du trajet jusqu'en bas Lars les entendit déblatérer avec passion. Il les voyait rarement l'un ou l'autre aux heures de bureau ; dans la clarté de midi il les trouvait faibles, délavés. C'étaient deux grands Vikings, déconfits. Gunnar possédait sa propre bouilloire dans son propre bureau. Il tenait ses affaires méticuleusement séparées. Trente ans plus tôt il était venu à Stockholm de Göteborg ; Anders était arrivé à peu près en même temps de Malmö. C'étaient l'un et l'autre des travailleurs de nuit qui dormaient toute la matinée et prenaient leur petit déjeuner à quatre heures de l'après-midi. Quand l'écume ordinaire des jours — secrétaires et téléphones — se dissipait, il leur était agréable de rôder parmi les piles d'épreuves d'articles critiques, humant la piste du gibier littéraire éventuel et chassant les souris. Jusqu'au Niagara de la chasse d'eau perchée au-dessus des toilettes des hommes leur semblait plus puissant après minuit. Alors qu'ils continuaient de se chamailler à propos de tout et de rien — s'accusant mutuellement de négativisme, d'autodénigrement, et d'étroitesse d'esprit — ils étaient parfaitement d'accord sur tout ; ils étaient dans le secret de ce qui comptait le plus. Ils détenaient toutes les nouvelles — quels traducteurs prenaient des raccourcis (ils étaient bien d'accord que nul n'eût pu dire la différence entre le suédois de Sven Strömberg et son espagnol), quelle maîtresse venait de passer d'un critique à un autre, qui tenait encore à un cheveu.

Lars ne savait pas grand-chose de leurs journées (ils avaient des épouses, des enfants déjà adultes, et Anders pouvait même se vanter de posséder un beau-père de quatre-vingt-sept ans et une tante plus antédiluvienne encore, importés tous deux de Malmö à Stockholm), mais il comprenait leurs nuits. Comme lui-même, ils se plongeaient dans les bouquins, enchaînés à l'alphabet, forçats des phrases et des paragraphes. Et outre cela, Lars était charmé par certains recoins de leurs existences. Anders, par exemple, avait traduit en en laissant toutes les cadences intactes « Klockorna » d'Edgar Allan Poe ; sa traduction figurait dans un manuel et on s'en servait pour faire réciter les écoliers. Une fois par mois, Gunnar traversait la rue pour aller prendre le thé avec le bibliothécaire de l'Académie. Il en était fier, et avait promis de présenter Lars.

La rencontre, Dieu sait pourquoi, ne se matérialisa jamais, mais il suffisait à Lars que ses propres pieds l'emmènent, presque chaque jour, par l'enchevêtrement des ruelles de la vieille ville jusqu'à l'esplanade dégagée et lumineuse — lumineuse, il en fut frappé, même par temps de pluie — qui entourait l'Académie, plus sacrée pour lui que nulle cathédrale. Il se savait le féal de tout cela : les dix mille volumes chéris qu'on séquestrait dans ces hautes salles au-dessus de l'étrange silence de la Bourse, où les écrans d'ordinateur scintillaient et où une unique voix étouffée baissait peu à peu tandis que quelques rares vieillards siégeaient comme pour un parlement de statues ; les kilomètres de rayonnages multicolores où les livres nouveaux, arborant le drapeau de leur jaquette protectrice en tant de langues diverses, se disputaient l'attention des académiciens ; et tout autour, les clochers gris qui ponctuaient l'air comme autant de becs de plume à l'extrémité de toutes les rues. La bibliothèque de l'Académie était vieille, vieille, avec de vieux catalogues de bois et de longs tiroirs à glissière ; ses registres étaient administrés de main d'homme, et n'avaient rien à faire de l'ordinateur. En ses lieu et place, des rangées et des rangées d'encyclopédies périmées étaient solennellement enchâssées, comme les joyaux d'une couronne dans les meubles vitrés d'une cave de brique rouge. Lars était allé — seul — se rendre compte de tout cela. Il avait vu le gentil cachot, découpé d'une arcade monastique, et les tables de travail sur lesquelles des universitaires spécialement désignés déposaient leur lourde serviette. Ces serviettes : il imaginait une plénitude, une vigueur, des eddas aux stances innombrables, des sagas qui se déroulaient à l'infini. Parfait bonheur de ces universitaires poètes, archéologues des antiques crépuscules scandinaves. Ces dieux froids avec leur cuirasse étincelante et leurs brûlants caprices. Marteau du terrible Thor. Odin et Freya. Tout cela rapetissé à la taille d'une semaine ordinaire : la comédie que cela représentait.

Son père était là chez lui, dans les ventricules de l'Académie, Lars en était aussi certain qu'il l'était de la neige tombant contre ses paupières. Son père était né pour faire partie de ce Panthéon — avec Selma Lagerlöf et Knut Hamsun ; avec Camus et Pasternak. Shaw, Mann, Pirandello. Faulkner, Yeats, Bellow, Singer, Canetti ! Maeterlinck et Tagore. La longue, longue liste stupéfiante des gagnants. Son père, s'il avait vécu, aurait remporté le Grand Prix — cela allait de soi. Il appartenait à cette compagnie magistrale.

4

Un vent violent s'était levé, maltraitant le noir de la nuit. La noirceur projetait sans cesse de la neige au visage de Lars, et il recouvrit de son écharpe son nez et sa bouche — qu'elle était chaude son haleine dans la petite caverne ainsi ménagée ! Il pressa le pas en passant devant la Bourse et l'Académie — pas une ampoule allumée où que ce fût, pas même le lavis d'une lampe de veilleur. Succession de toits blanchissants : comme il est facile de voir dans le noir le plus épais à travers une lentille de neige. Les flocons qui tombaient en spirale bégayaient autour de lui une manière de morse. Et cette odeur de roussi, qu'était-ce ? Des cheminées. Il finit par lui devenir clair qu'il marchait vite et loin ; d'un pas décidé, rapide ; il avait déjà traversé le pont par-dessus les écluses, où la Baltique salée livrait un combat à mort contre l'assaut des eaux douces ; il comprit où il allait. Cette combustion. Il tendit l'oreille, guettant les voitures de pompiers. O les cheminées. Silence partout : c'était la rue où Nelly Sachs et sa vieille mère avaient vécu autrefois. L'appartement de la poétesse ; ses fenêtres. Là, tout était moribond. Il arriva à l'extrémité de Bergsundsstrand dans un bouillonnement, surchauffé sous son écharpe et son bonnet. Les rares voitures avec le faisceau de leurs phares toujours en éveil glissaient sur la chaussée tels de lents félins. Stockholm, ville bien ordonnée, possède sa vie souterraine, ceux qui veillent dans l'ombre. Quiconque possède un secret à Stockholm tourne et tourne dans le vide de la nuit et non dans le sommeil.

Derrière l'écran des flocons virevoltants les clochers avaient l'allure tournicotée de chapeaux de Merlin. A vingt rues de lui, dans son dos, les voix de Gunnar et d'Anders dans leurs ébats, leur envol. Cris de mouette. Qu'il savait se poursuivre en son absence. Rodomontades, affectations de ramiers rococo, quels poseurs ! Défraîchis, fanés, égratignés et cotis. C'était surtout leurs écorchures qui prenaient l'amour de Lars, leur faiblesse, leur déchéance. Ils ressemblaient à Tiu, le fils d'Odin, dieu de la guerre, dieu de la victoire. D'abord Fanrir le loup lui croque une main entière. Puis tout le reste du puissant Tiu — la tête, le torse et les trois membres intacts et vigoureux qui lui restent — est réduit à n'être plus que mardi (*tuesday* prononcé *tiouzday*). Aussi,

Lars aimait leur odeur de scribouillards estropiés, pâle et vaguement formicante, fumet flottant à la surface de l'omniprésente atmosphère rancie du *Morgontörn*, comme une fongosité surgissant régénérée de l'Antiquité. A sa connaissance, Lars lui-même était imprégné de cette odeur. Les souris étaient innocentes. D'une propreté toute militaire leurs petites crottes rondes ne sentaient rien.

Cette torréfaction dans l'air. Sa propre sueur. L'exercice. Ses jambes comme deux broches verticales. O cheminées des aisselles, moites et brûlantes sous la laine. Il distingua la porte vitrée de petits carreaux : la boutique de Heidi. Elle était souvent du nombre de ceux qui veillaient la nuit. Une femme de soixante-cinq ans environ, un petit baluchon tout rond, affublée d'un nom de jeune fille. Elle portait des couettes bouclées, comme une jeune fille : mais elles étaient blanches et faisaient penser à un mouton, retombant en ondulations par-dessus une paire de moustaches noires sereinement mal placées, qui tressautaient par intermittence au-dessus d'yeux impitoyables. Impitoyables et sombres comme des cerises, des peaux calleuses en guise de paupières. Sirupeux, appeler ainsi un enfant d'après le personnage imaginaire d'un roman. Les Allemands sont sentimentaux. Leur mot *Heimweh*. Les Anglais disent *homesick* ; c'est la même chose en suédois courant. *Hemsjuk*. On laisse aux Allemands le soin de tirer comme sur une ceinture élastique infinie et d'une horrible douceur, ce chagrin — *weh* — à l'eau de rose*. Exilée volontaire, Heidi niait éprouver un quelconque pincement de *Heimweh* ; elle crachait dessus. Elle était pratique et impatiente, et avait depuis longtemps renoncé à faire rire de son propre nom. Depuis une vingtaine d'années, expliquait-elle, il s'était mis, en fait, à lui convenir. C'était comme si par le principe de sa propre obstination elle en avait changé la connotation : du timide edelweiss aux forces d'une vieille rigueur très déterminée. Lars n'en était pas extrêmement effrayé ; mais il en avait un peu peur.

Dans la minuscule entrée de sa boutique il battit la semelle avec une telle vigueur qu'il en fit jaillir des petits éclats de glace. Il vit la lumière dans l'étroite arrière-boutique, une espèce de couloir qui s'ouvrait derrière le haut rempart de rayonnages chargés de livres qui occupait le fond de la boutique, il supposa qu'elle devait être occupée à faire l'addition de ses factures, ou encore à déballer les arrivées de la semaine. Elle était d'une force peu coutumière pour une si petite rondeur, un si petit bout de femme, gnome, épais globule, et pouvait soulever seule le poids mort de ces cartons venus d'outre-mer ; pourtant,

* Nous renvoyons tout le monde dos à dos en disant après les Grecs nostalgie ou tout simplement avoir le mal du pays *(N.d.T.)*.

aux heures d'ouverture, elle payait un jeune Turc pour la manutention. A moins, songea-t-il, qu'elle ne fût assise sous sa drôle de vieille lampe (tout ce qu'elle avait jugé bon apporter avec elle d'Allemagne, disait-elle, sans compter une poignée de livres), occupée à lire les derniers arrivages quels qu'ils fussent — elle lisait son fonds, dans presque toutes les langues. Son fonds était international. Il voyait les livres étinceler dans la vitrine. Des rectangles luisants, semblables à des portraits encadrés — les plus récents Américains, du Nord et du Sud, les plus anciens Russes, la vaste compagnie des Anglais et des Anglaises soutenue tout au long du XIXe siècle, un minimum de Tchèques et de Polonais, toute une forêt de Balzac ; et puis les dictionnaires et les encyclopédies. La vitrine était remplie du bas jusqu'en haut : une pyramide en escalier dont chaque étage était chargé de tous les alphabets. Dressée en son milieu, comme la rose centrale soutien d'une couronne, ou comme une sentinelle gardant une chambre forte, se tenait — au sens propre, comme sur des pattes de lion — une formidable édition de *Drottningholm : ett kungligehem*, avec des photos en couleurs de la famille royale : le roi aux cheveux ondulés, grand, blond et imperturbable, les deux petites princesses charmantes dans un jardin, le petit prince embarrassé en costume marin sur un sofa damassé et la reine d'une beauté frémissante, avec ses dents brillantes et la noirceur ibérique de ses yeux. On disait que la reine était intelligente, descendant de noblesse marrane. Des juifs secrets, depuis longtemps dilués. Heidi était devenue une patriote suédoise. Quand elle avait vendu tous les exemplaires de la famille royale, elle exposait un de ces gigantesques volumes de paysages, lui-même vaste comme une plaine, montrant des photos de moulins à vent et de châteaux et de daims galopant sur la neige et des mouettes du lac Wänern et d'une statue de Selma Lagerlöf, assise, ses cheveux rassemblés en un chignon de bronze.

Lars prit son canif pour heurter doucement à la porte vitrée. Personne ne l'entendit. Il recommença. Peut-être avait-elle laissé la lumière en rentrant chez elle à l'appartement. Lars en avait fait sa confidente — Heidi était l'une des rares à savoir ce qu'il savait — et pourtant il n'était jamais allé à son appartement. Son appartement n'avait pas plus de réalité certaine qu'une quelconque autre rumeur ; pas plus de réalité certaine que cette autre rumeur, son mari, le Dr Eklund. La vraie signature de ses relations matrimoniales transparaissait dans les lettres d'or qui étaient peintes en travers de la vitrine : BOKHANDLARE. Quand elle tournait la clé le soir elle embrassait son réchaud à deux feux, sa petite table carrée et sa couchette. Parmi le chaos de grands cartons qui occupait l'arrière-boutique, elle avait un minuscule réfrigérateur et un minuscule W.-C. et un pot de porcelaine tacheté de bleu et cette drôle de vieille lampe allemande — dont l'abat-jour était une jonquille de cristal — et une bouilloire à thé. Elle n'avait pas de bain du tout, encore qu'il existât un recoin secret, une espèce de ruelle, qui eût pu renfermer une douche. Et pas de radio : rien pour la musique. Elle était indifférente à la musique. Comme si elle avait été un gnome de la forêt vivant dans une petite hutte nue avec un unique ornement : la nécessaire jonquille.

La lumière vacilla, diminua, revint. Une silhouette était passée devant. Une fois encore Lars heurta du canif contre la vitre. Et voilà que Heidi, avec son grasseyement allemand un peu estompé — « J'arrive, j'arrive, ce n'est pas la fin du monde, vous allez casser ma porte » — roula à travers sa boutique pour le faire entrer.

Lars se remit à battre la semelle dans le vestibule.

— *Heig*, dit-il.

— Mais retirez-les, enfin. Je ne vais pas vous laisser égoutter ces saletés ici. Pour l'amour du ciel, le sol a été lavé. Quittez-les. Vous arrivez toujours au moment où je suis le plus occupée.

— Mais vous aviez fermé, et bien fermé !

Mais il était habitué à ses absurdités. Elle aimait le désarçonner.

— Quand donc croyez-vous que je puis faire les choses ? Pas avec des clients dans mes jambes toute la journée. Je suis en train de trier une livraison. J'essaie de faire les prix. Bon Dieu, je suis en train de me concentrer. Et vous maintenant vous allez me demander du café.

— Non, dit-il debout sur le seuil en chaussettes. *Sprit.*

— Pas étonnant. Vous êtes un glaçon. Un bonhomme de neige.

— Je suis bouillant, dit-il au contraire avant de la suivre dans l'arrière-boutique. Je pue la sueur.

Il n'était pas doux du tout avec elle. Il était doux avec Gunnar et Anders parce qu'ils le méritaient ; ils étaient insuffisants. Mais avec Heidi il pouvait être rude. Cela dissimulait sa petite peur.

— Ça c'est vrai. Vous sentez le bélier en rut. J'ai reçu votre commande — tous ces Slaves. Ne vous attendez pas à ce qu'ils soient bon marché. Ils n'ont pas été faciles à obtenir, croyez-moi. Deux sont en anglais, et viennent des États-Unis. C'était la seule façon de se les procurer.

Un long bâillement, somptueux, indolent, découvrit l'or de ses molaires. Une ride de sommeil marquait sa joue gauche. Oreiller et couverture étaient en désordre sur sa couchette. Saisissant un sac de toile sur une étagère derrière la lampe allemande, elle en tira deux livres brochés.

— Ludvík Vaculík, voilà. Bohumíl Hrabael, voilà. Witold Gombrowicz, je l'ai ici. Personne d'autre que vous ne veut des trucs pareils.

— Ne devait-il pas y en avoir un autre...

— L'autre Polonais. Où ai-je bien pu... voici. Tadeusz Konwicki, le voici. Cartonné. Lui je n'ai pu le trouver qu'en polonais. Votre langue maternelle, dit-elle avec un haussement sardonique de sa petite épaule.

Elle lui tendit un minuscule verre de vodka et bâilla de nouveau. Chiche. Il vit qu'elle allait continuer à lui en vouloir. Elle savait ce qu'il savait ; elle savait tout, chaque permutation de chaque supputation ; ils avaient parlé, parlé de ce qu'il savait jusqu'à tout moudre et réduire en granules. Son histoire — sa passion — n'était plus qu'un tas de sel entre eux. Il ne leur restait plus rien à tamiser. Sans compter qu'elle était possédée d'un dur scepticisme à l'encontre de chaque grain — à l'encontre même de son polonais, alors qu'elle l'avait elle-même présenté à son professeur, une de ses propres clientes. C'était sa tournure d'esprit qui la faisait passer de l'auto-ironie à l'outrecuidance — si tant est que Lars pût entrevoir quoi que ce fût de ce à quoi ressemblait son esprit. Son suédois était impertinent et souple, mais il avait toute la tonalité de l'allemand, et quand elle y lâchait, comme cela lui arrivait fréquemment, une ou deux syllabes allemandes, il semblait à Lars qu'il pouvait, l'espace de cet instant, entrevoir par un judas une chambre souterraine et privée où nul n'était autorisé à le suivre. Aussi bruyamment bavarde qu'elle fût, elle gardait farouchement sa vie privée. Son mari, par exemple — le mystérieux, le lointain, le vaporeux Dr Eklund — était tantôt psychanalyste tantôt gastro-entérologue : elle laissait entendre parfois l'un, parfois l'autre. Et sa vie d'avant — qu'avait-elle été ? Elle voulait n'être pas ce qu'elle avait été auparavant. Elle était arrivée à Stockholm après la guerre, comme tant d'autres. Elle s'était empressée d'épouser le Dr Eklund.

Entre l'arrière-boutique de Heidi et l'espace ouvert au public de sa boutique une barrière de livres se dressait. De temps à autre Lars imaginait que le Dr Eklund se cachait là-bas de l'autre côté, hors d'atteinte du rond de lumière jaune de la jonquille. Ou encore il imaginait que le Dr Eklund était mort. Incinéré. Ses restes étaient conservés dans la grosse boîte de café métallique sur l'étagère derrière la lampe, Heidi était veuve. Il était venu à l'esprit de Lars qu'il eût aimé épouser une telle femme, indépendante, bourrue, gardée, vieille ; une espèce d'héroïne.

Il était heureux qu'elle fût vieille. Cela signifiait qu'elle était disposée à agir en propriétaire — les vieux ont le chic pour s'emparer des jeunes. Elle considérait Lars comme sa découverte — une découverte vieille de quatre ans qu'elle s'était, disait-elle, mise à regretter. Elle avait failli lui tomber dessus alors qu'il était agenouillé près de sa serviette parmi les *S* de ROMANS ÉTRANGERS — nouveau visage dans la boutique, et déjà il y traînassait, depuis une heure et plus, sur un exemplaire des *Boutiques de cannelle* en polonais. Elle avait tapé dans ses mains à son adresse, de la manière dont on tape dans ses mains pour chasser un animal inoffensif, et il l'avait lentement contournée pour absorber sa colère, nullement surpris, mais étrangement distrait, comme quelqu'un qui vient d'avoir une vision : il s'était avisé aussitôt qu'il allait dire à cette vieille femme tout ce qu'il savait de lui-même. La forme de sa tête l'attirait — petite, confuse, ses couettes bouclées blanches comme un mouton tombant par-dessus les moustaches tremblotantes. Il n'avait jamais vu de tels sourcils. Sa tête était celle d'un mouton, mais elle était aussi sagace et impatiente qu'un lion. Elle l'avertit qu'elle ne tolérerait pas que sa marchandise fût défraîchie avant que vendue ; il ne s'en tirerait pas comme ça avec elle. Elle l'avait vu tourner les pages ; une centaine de fois. C'était vrai. Il s'était baigné les doigts dans ces redoutables caractères d'imprimerie à demi familiers comme un boucher se fût saisi de la carcasse sanglante d'un mouton, ou comme un remorqueur eût dragué le lit d'un fleuve à la recherche d'un cadavre.

— C'est mon père qui a écrit ça, lui avait-il dit.

Elle lui avait arraché le volume des mains pour le glisser de nouveau à sa place sur l'étagère des *S* étrangers.

— Il est cinq heures, avait-elle dit. Nous allons fermer.

— Je l'achèterais bien, dit Lars, mais je ne peux pas encore le lire vraiment.

— Alors rentrez chez vous pour apprendre le polonais.

— C'est ce que je fais, dit-il, tirant sa grammaire polonaise de sa serviette pour la lui montrer.

— Vous avez acheté cela ailleurs. Nous ne la faisons pas, ce n'est pas la meilleure.

— Je suis réfugié. Je suis né en Pologne.

Il fourra sa grammaire à sa place et tendit de nouveau la main vers *Les Boutiques de cannelle.*

— C'est ma langue maternelle et je ne puis la lire.

— Si vous ne comptez pas acheter ce livre, dit-elle d'un ton coupant, remettez-le en place.

— Il est déjà à moi, dit-il, par héritage.

— Remettez-le en place, s'il vous plaît. Nous fermons.

Il avait eu peur qu'elle ne le poussât jusqu'à la porte. Elle avait la voix huileuse, allongée, ironique. Elle le croyait fou. Il tint ferme ; il l'avait choisie, sa décision était prise. C'était elle. Il expliqua comment, nouveau-né, extirpé d'entre la fourche de sa mère, on l'avait fait passer clandestinement, à travers tout le chaos recouvrant la face des profondeurs qui était la logique de cette époque, chez une parente de Stockholm — elle-même pauvre réfugiée apeurée, cousine d'un certain âge, que la chance avait gratifiée d'un minuscule sourire. Une poignée d'autres nourrissons avaient été escamotés en Pologne — une Pologne envahie par les nazis — et incorporés dans Stockholm sous les mêmes auspices : une voyageuse suédoise compatissante, bien payée, sous la protection de la neutralité de son gouvernement. Comme toutes les histoires qui dépendent de la souffrance, de la chance, du caprice, de la bêtise dans les sphères appropriées, de la pitié et de l'argent, celle-là avait quelque chose de hasardeux — quelque chose de fortuit qui ne cessait d'enfler encore et toujours comme un abcès. La cousine d'un certain âge, perdue, éberluée, disparut. Et Lars, tandis que la guerre continuait, se retrouva membre de la maisonnée de la belle-sœur, devenue veuve, du cousin germain de la voyageuse compatissante et mercenaire. Cette belle-sœur avait déjà un fils, et n'éprouvait pas le besoin d'en avoir un autre ; elle prit toutefois Lars, malgré ses yeux marron, et remercia son étoile à mesure qu'il grandissait qu'on pût le prendre — aussi longtemps que nul ne se doutait de rien — pour un Suédois. Elle n'aimait pas l'apparence des autres nations, particulièrement de celles qui étaient plus éloignées que la sienne du cercle polaire. Lars grandit dans l'ingratitude et, à seize ans, partit vivre seul dans une mansarde. Il payait son loyer en travaillant comme garçon de courses dans un journal. Il savait déjà que son avenir était dans l'imprimé.

Tout cela Heidi l'écouta dans une concentration de rage. Il en arrivait tout juste à décrire la manière dont il avait inventé un nouveau nom de famille à son propre usage en le tirant tout droit du dictionnaire — elle l'arrêta tout net au beau milieu d'une phrase. Elle éteignit les lumières, ferma la porte à clé, et l'entraîna avec elle dans son arrière-boutique ; le fit asseoir sous la jonquille de cristal et cracha dans son minuscule évier.

— Pourquoi me racontez-vous ces choses ? Pourquoi voudrais-je les connaître ? Vous croyez être le seul à avoir une histoire ? Stockholm est pleine de réfugiés ! Tous mes clients sont des réfugiés ! Des professeurs ! Des intellectuels ! Moi-même j'ai une histoire !

Lars incurva le pouce dans la direction de la boutique obscure.

— Vous avez mon père là-dedans. Dans sa langue originale. C'est le seul endroit de Stockholm qui l'ait dans l'édition originale.

— Votre père ! Ça ne tourne pas rond chez vous, vous êtes un *Verrückter,* comment pouvez-vous dire qui est votre père avec une histoire comme celle-là !

A cela il réfléchit un peu.

— Ma foi, en un sens vous avez raison — j'ignore qui est ma mère. Je n'ai jamais réussi à le savoir.

— Vous ne connaissez pas votre père non plus !

— Non, non, vous voyez la ressemblance. Toutes ces photos...

— Quelles photos, où ça ? Où vous les êtes-vous procurées, qui vous les a données ?

— Des photos dans les livres, je veux dire.

— Oh, des livres ! Si elles ne sont pas d'origine familiale...

— J'ai chaque détail de son visage, je le connais par cœur. Je connais presque chaque mot qu'il ait jamais écrit. Père et fils. Nous sommes semblables, comme deux gouttes d'eau. C'est le même nez, vous voyez comme j'ai le menton terminé en pointe ? Et ce n'est même pas une question d'apparence physique. Il y a une affinité. Sa voix. Son esprit.

Elle poussa un véritable barrissement. Mais elle le laissait parler ; elle ne le jetait pas dehors. Il la regarda plonger une grosse cuillère dans la boîte sur l'étagère derrière la lampe — en plein dans ce qui aurait pu être les cendres du Dr Eklund. Elle allait lui préparer du café.

— Théâtral. Auto-apitoiement. Vous êtes orphelin ? Un orphelin existe, la belle affaire ! Sans compter que vous êtes un Suédois comme n'importe quel autre. Pourquoi faire l'imbécile et aller déterrer tout ça — tout le monde s'en fiche, les vieilles histoires nazies, vous croyez que cela intéresse encore quiconque ?

— Ils l'ont abattu dans la rue. Assassiné. La Résistance lui avait fourni de faux papiers — l'art du faussaire était sacré en ces temps-là. On lui avait déjà trouvé une cachette. Mais il ne voulait pas partir de chez lui. Il y était collé.

— Et où avez-vous appris tout cela ? Aussi dans des livres ?

— J'ai tout lu. Il n'est rien que je n'aie lu. J'ai lu *Les Boutiques de cannelle* mille fois d'un bout à l'autre. Je ne puis vous dire combien de fois j'ai lu l'autre. Mais en traduction. C'est mon père, j'ai besoin de lire l'original...

— L'original !

— Le polonais.

— Le polonais, oui.

Elle flanqua devant lui une tasse pleine dans un grand éclaboussement.

— Un inconnu, probablement un fou, s'amène dans ma boutique, détériore la marchandise, n'achète rien, se prétend polonais, ne sait pas lire un mot de polonais, et moi je lui sers du café ! Dieu sait ce qu'en concluerait mon mari. Le Dr Eklund, dit-elle, s'intéresse aux comportements originaux. Le Dr Eklund et moi-même comprenons exactement ce que vous êtes.

— J'ai annoncé ce que je suis.

— Un imposteur. Encore un réfugié imposteur. Ce n'est rien de nouveau, croyez-moi ! La moitié de mes clients se sont inventés eux-mêmes. Des faussaires. Tout Polonais d'un certain âge qui met les pieds ici, mâle ou femelle, était un professeur célèbre à Varsovie. Tous les Hongrois ont été naguère ambassadeurs en Argentine. Les Français sont les pires. Aucun n'a mis les pieds dans ma boutique sans se révéler justement celui ou celle qui a initié Sartre au Talmud. Je dois bien avoir compté jusqu'à aujourd'hui vingt-cinq femmes professeurs de Talmud — pauvre Mlle de Beauvoir.

— C'est un professeur de polonais que je cherche, moi, dit Lars.

— C'est comme si c'était fait. Je vais vous indiquer le plus huppé des professeurs qui me vienne à l'esprit. Il y a une dame qui vient de Cracovie, extrêmement littéraire, elle appartient en fait à la noblesse, c'est une Radziwill à vrai dire, parente du mari de la sœur de l'Onassis d'Amérique — elle était propriétaire d'une boutique de modiste. Elle donne des leçons de polonais. Son mari était exactement aussi bon communiste que tous ceux qui l'ont chassé. Il vous faudra jouer le jeu et l'appeler Docteur, à moins qu'elle ne vous demande de l'appeler princesse. Son père était *maître d'hôtel.* Sa mère était modiste.

Il vit alors que ce qu'il avait pris pour de la rage était quelque chose d'autre : une fièvre de l'isolement. Elle était souvent seule, surtout après la fermeture — le Dr Eklund, disait-elle, effectuait tard le soir ses visites à l'hôpital ; parfois il devait quitter la ville. Mais la boutique était silencieuse au milieu même de la journée. Il arrivait que l'après-midi s'écoulât sans un seul client. Lars avait remarqué que le contenu de la vitrine surchargée changeait rarement. Les seuls volumes de la vitrine qui se débarrassaient de leur poussière étaient la famille royale et les photographies de paysages nordiques. C'étaient les touristes qui les achetaient, les Américains, les Anglais et les Allemands. Il n'existait guère de demande pour les éditions étrangères — on trouvait quasiment tout en traduction. Quant aux réfugiés, ils avaient tous appris le suédois depuis longtemps. L'Académie ne cessait de commander des livres étrangers, évidemment, mais elle les faisait venir directement de l'extérieur, elle n'allait pas se donner la peine de traiter avec une petite librairie de quartier, n'est-ce pas ? Et située qu'elle était hors des sentiers battus, qui même connaissait son existence ? Malgré ces difficultés, disait Heidi, elle s'arrangeait pour joindre les deux bouts, mais sans les encouragements du Dr Eklund — pour ne rien dire de l'aide financière qu'il lui apportait de temps à autre — qu'en eût-il été ? La boutique fonctionnait — non, pas précisément sur la foi, elle ne croyait pas à l'invisible, mais sur quelque chose d'aussi peu solide : elle fonctionnait sur la bizarrerie humaine. On ne pouvait jamais dire quel genre de spécimen curieux d'humanité risquait d'entrer pour dépenser deux mille couronnes. Le Dr Eklund était un grand collectionneur de ce genre de curiosité. Les vies emmêlées exerçaient de l'attrait sur lui. Parmi ses patients il récoltait les anecdotes les plus bizarres. Une librairie, c'est pareil — un aimant qui attire les doux dingues, les bohémiens, les nomades. Le mois précédent, un cheik authentique s'était amené, burnous et tout, en sandales, sans chaussettes, les ongles de pied peints en rouge et couverts de neige, à la recherche du *kāmasūtra* en arabe...

— Et l'aviez-vous ? demanda Lars.

— Nous venions de vendre le dernier. C'est l'une de mes plus grosses ventes.

Il semblait à Lars qu'en définitive Heidi ne s'était pas contentée de ne pas le jeter à la porte — elle l'avait plus ou moins enlevé, pour l'enfermer avec elle. Il était difficile de juger, depuis lors, qui était captif de l'autre. Lars allait et venait à son gré, encore qu'il ne fût jamais assuré d'être le bienvenu.

— Ah, c'est vous, disait Heidi, sourcils froncés. Alors que j'attends justement le Dr Eklund. Il devrait être ici d'une minute à l'autre.

Une ruine de fronces maussades parcourait les moustaches noires.

— C'est votre pas — à l'entendre on dirait exactement celui du Dr Eklund. Aussi léger qu'une fumée.

Cela signifiait que le Dr Eklund serait encore retardé, ou bien qu'il était rentré droit chez eux à l'appartement.

Une autre fois elle tança le jeune Turc pour avoir pris par écrit une commande de Lars.

— M. Andemening n'en a pas vraiment besoin. Ce n'est pas un client. Venant de lui rien n'entre dans le registre des commandes à moins que je l'y mette en personne, comprenez-vous ? Dans son travail il a tous les livres qu'il veut gratuitement, et s'il commande quelque chose ici, c'est seulement parce qu'il aime bien faire celui qui paye son écot.

Un jour elle présenta à Lars un volume de l'épaisseur d'une brique — c'était l'autre grammaire polonaise, la vraiment bonne qu'il ne possédait pas. Mais le plus clair des échanges entre eux s'effectuait dans l'autre sens : toutes les deux semaines environ Lars abattait à grand fracas sur le comptoir, près de la caisse enregistreuse de Heidi, un gros tas d'exemplaires rejetés par les critiques du *Morgontörn.* Elle en était excitée toujours. Cela l'intéressait de savoir si Anders avait ou non rendu compte de certains d'entre eux, et lesquels Gunnar avait rejetés. Elle lisait ces messieurs dans le *Morgontörn* du mercredi et du vendredi ; elle préférait le vendredi, parce que M. Fiskyngel était si acariâtre ; c'était amusant. M. Hemlig, lui, s'efforçait, d'être amusant, et c'était moins amusant. Il était rare qu'elle dît un mot à Lars du lundi, et quand elle le faisait, c'était toujours pour le démolir :

— *Furchtbar !* les gens ordinaires n'ont pas la

patience de lire ce genre de choses. Après tout, un journal n'est pas un séminaire d'université. Je suis surprise qu'on vous garde. — Grands dieux, ce petit démon de Turc a encore inscrit votre nom dans le livre de commandes. Alors que je lui ai dit et redit de ne pas gribouiller...

Lars l'interrompit.

— C'est la princesse qui m'a dit de me les procurer.

— S'il s'agit de livres polonais, vous devriez vous adresser directement à moi. Comment un petit Turc...

— Vous étiez sortie. Il a dit que vous achetiez des provisions.

— Des provisions ! Ce n'était pas mercredi ? En fin d'après-midi ? Je suis allée avec le Dr Eklund acheter un nouveau costume. Il aime que je sois là pour choisir le tissu. Il ne choisit pas ne serait-ce qu'une cravate si je ne suis pas avec lui.

Plissant les yeux, elle examina la commande de Lars à travers les grosses loupes de ses lunettes.

— *Sanatorium pod Klepsydra.* C'est un miracle que ce gamin n'ait pas fait de fautes. De toute manière nous ne l'avons pas en stock, vous pouvez constater par vous-même qu'il n'y a que *Les Boutiques de cannelle* en rayon.

— C'est celui qu'il a écrit après *Les Boutiques de cannelle.* L'avant-dernier — *Le Messie* fut le dernier.

— En tout cas, je puis vous garantir que mon grossiste ne l'aura pas.

— Votre grossiste, explosa Lars, n'aura pas *Le Messie*, non ! Personne ne l'a ! Il est perdu.

— Ces choses doivent venir de Varsovie, dit placidement Heidi. Perdues ou pas. Cela peut prendre des semaines.

— Trop long. La princesse n'appréciera pas, elle va être mécontente. Elle n'a pas la patience d'attendre la fin. Elle s'apprête à me jeter dehors. Je suis quasi renvoyé. Livré à moi-même. Viré.

— On aurait plutôt pensé qu'elle allait s'accrocher à vous. Ne serait-ce que pour l'argent.

— Elle commence par dire que je fais des progrès extraordinaires et l'instant d'après elle veut se débarrasser de moi. Elle ne croit pas en moi, voilà pourquoi.

Heidi souffla bruyamment par le nez.

— Croire en vous ! Vous vous prenez pour un prêtre, un saint homme ?

— Elle refuse d'accepter.

— D'accepter quoi, pour l'amour de Dieu ?

— Que je suis le fils de mon père.

— Vous n'auriez pas dû parler de ça. C'est une folie de parler de ça ! Et vous dites que vous le gardez pour vous, que vous n'en parlez jamais, que vous ne le dites jamais, que je suis la seule, moi.

— Vous l'êtes.

— Mais oui ! Moi, et Mme Rozanowska, et M. Fyskingel, et M. Hemlig…

— Je ne l'ai jamais dit à quiconque au journal.

— Une femme vous donne des leçons de polonais et vous le lui dites à elle.

— Un accident. Je n'en avais pas l'intention. Elle me faisait lire à haute voix. Elle tente de fixer mon accent. Alors j'ai choisi le passage concernant le mobilier — vous savez, le mobilier qui se brise à toute vitesse. Les propres syllabes de mon père — et voilà qu'elles sortaient de ma bouche. De ma propre voix. Dans l'original.

— Pauvre Mme Rozanowska. Elle a peur que vous ne soyez dérangé.

— Elle se prend bien pour une princesse, elle !

— Elle ne se prend pas pour une princesse. Elle le dit seulement.

5

Après cela Lars sentit un changement : un épaississement entre eux. Brusquement elle ne refusait plus de se lier à lui. Elle se mit à l'interroger sur sa façon de vivre — il aimait manifestement avoir l'air alerte au milieu de la nuit. Lars hésita à lui dire comment, par le pouvoir secret de son sommeil sans rêves, il avait appris à pénétrer dans la gorge de son père ; à voir l'œil paternel. Le germe et le noyau terrifiants de son origine. Pour finir il lui dit qu'il dormait toute la journée. Le reste il le garda pour lui ; il y avait de la sorcellerie là-dedans. Autrement il ne lui cacha rien. Il n'était pas certain qu'elle-même crût qu'il était le fils de son père — elle reconnaissait qu'elle croyait qu'il le croyait. Il venait presque tous les soirs désormais. Elle lui préparait un dîner dans l'arrière-boutique — pendant que le Dr Eklund était absent il était plus commode d'habiter la boutique, expliqua-t-elle, que l'appartement : le Dr Eklund assistait à une conférence sur la maladie mentale à Copenhague. Elle devait durer plus d'une semaine, et comme le Dr Eklund faisait une communication lors du séminaire final, il était obligé de boire la coupe jusqu'à la lie en demeurant jusqu'à la fin. Comme dîner elle se contentait la plupart du temps de brouiller des œufs mélangés d'oignons. Lars pelait et hachait les oignons sur une planche sur la table minuscule. Il pleurait terriblement. C'étaient les exhalaisons qui déclenchaient ses larmes, mais elles venaient des raisons du cœur. Il était reconnaissant : Heidi avait attrapé sa maladie à ses côtés, compagne, collectionneuse comme lui du destin de son père, espèce d'associée. Elle connaissait déjà intimement les livres de son père — ce n'était pas un tour de force, disait-elle, dans la mesure où l'œuvre complète tenait en deux petits volumes.

— Trois, disait Lars. N'oubliez pas *Le Messie.*

— Pas s'il est perdu. Il n'existe pas. On ne peut compter ce qui n'existe pas.

— Mais si nous parlons de tout ce qu'il a jamais écrit...

— Ça ne compte pas, ce qu'il a écrit. La seule chose qui compte c'est ce qu'il y a à lire aujourd'hui.

— Le manuscrit pourrait avoir survécu je ne sais comment. Nul ne sait ce qui lui est arrivé.

— S'il a disparu, il a été détruit.

— Ou alors il n'a pas été détruit. Il est peut-être caché. Quand les nazis arrivèrent, il le confia à quelqu'un pour le mettre à l'abri.

— Et même s'il l'a confié à quelqu'un, il s'est évaporé. Il n'existe pas, dit encore Heidi. Son détenteur, si détenteur il y eut, a été déporté. Vous vous attendez toujours que ce qui n'est pas là y soit bel et bien.

Elle ouvrit les paumes en signe de dérision : petits carrés calleux qui avaient, désormais, une manière familière de l'accuser. Elle le considérait comme un maître de l'insubstantiel : un rêveur. Assez souvent elle lui lançait son sarcasme favori :

— *Hauch*, aimait-elle lui dire — ses idées n'étaient rien de plus qu'un souffle d'air ; elle ne les prenait pas en considération.

C'étaient les coups de feu qui l'attiraient. Les coups de feu ; le meurtre. Abattu en pleine rue ! Lars soupçonnait Heidi de s'intéresser plus à la mort de son père qu'à ses œuvres, dans lesquelles des verbes et des noms férocement astucieux étaient lancés le long d'une route tortueuse pour se gorger de sens et de mirifiques transmutations : ascension d'une bicyclette dans le zodiaque, mauvaise disposition des pièces dans la maison, papier peint qui siffle, calendrier acquérant un treizième mois. Pertes, métamorphoses, dégradations. Dans l'une des nouvelles, le père se transforme en un crabe à grosses pinces, la mère le fait bouillir et le sert à la famille sur une assiette. Heidi écartait tout cela d'un haussement d'épaules : c'était la catastrophe factuelle dont elle avait besoin, le père de Lars abattu à coups de feu dans les caniveaux de Drohobycz avec deux cent trente autres juifs. Un jeudi de 1942, comme il se trouve : le dix-neuf novembre. Le père de Lars rapportait une miche de pain à la maison.

Ils s'installaient pour leur travail nocturne : la récapitulation des bribes. Désormais ils avaient rassemblé chaque filament, chaque grain ; cependant leur stock restait petit. Heidi avait découvert sur ses propres rayons — mal placé derrière le poète Tuwin — la traduction du *Procès* de Kafka par le père de Lars. Lars en fut moins heureux qu'elle ne s'y était attendue. Il se plaignit de n'éprouver aucun intérêt pour son père dans le rôle d'une marionnette de ventriloque sur les genoux de Franz Kafka ; c'était la voix de son père qu'il recherchait. Mais quand Heidi s'arrangea on ne sait comment pour soutirer à un grossiste de sa connaissance un exemplaire au papier bruni et cassant de l'hebdomadaire de Varsovie dans lequel « La Comète » avait paru pour la première fois, Lars éprouva une joie qui le piqua comme un oignon. Il eut la goutte au nez. C'était comme de retrouver une paire de gants égarés — comme cela lui réchauffait les mains ! La langue polonaise avait enfin perdu son aspect étrange à ses yeux, et c'était le poids entre ses mains réchauffées de ce journal écorné et taché de rouille, daté de cinquante années auparavant, qui lui faisait pardonner à la princesse de l'avoir mis à la porte. Il n'avait pas besoin d'elle ; il était livré à lui-même. Il lut — il savait lire ! — comment le père dans « La Comète » enfonce un microscope dans un conduit de cheminée pour examiner la lumière des étoiles qui s'est infiltrée dans l'obscurité de suie : l'étoile se compose d'un cerveau humain au cœur duquel est planté un embryon. Heidi n'éprouvait qu'indifférence à l'égard de cette idée d'un homoncule dans le ciel. Elle dit à Lars que tout cela n'était que folie. Des images agglutinées par aimantation. Elle lui reprocha de transformer son père en une espèce de cérémonie mystificatrice ; il y avait dans tout cela des relents de culte naissant. Les récits de son père — animisme, sacrifice, mortification, répugnance ! Tout anormal, tout déchaîné.

Pourtant, Heidi demeurait avec lui ; elle ne le jetait pas à la porte, comme la princesse. Heidi semblait aussi absorbée par leur petit magot qu'il l'était lui-même : ensemble ils passaient les lettres au peigne fin, une par une, les lisant à haute voix à tour de rôle. Rapprochant leurs deux têtes ils contemplaient les photographies. Le jeune père de Lars en était toujours la figure centrale, le seul homme, entouré de femmes. Lars mémorisa le visage de chaque femme. L'un d'entre eux aurait facilement pu être le visage de la maîtresse de son père — n'importe lequel d'entre eux. N'importe lequel d'entre eux pouvait être celui de la propre mère de Lars. Heidi n'était pas d'accord : le père de Lars — ils le savaient par les lettres — était trop réservé, trop isolé, trop obsessionnel pour être entré avec détachement dans la couche d'une femme. Et les femmes elles-mêmes : ces visages : ils étaient trop mondains, trop contents avec trop de légèreté, trop *extérieurs* pour avoir appartenu à une femme qui aurait pu devenir la maîtresse du père de Lars. Sa maîtresse devait être ailleurs, en un lieu secret par-delà les photos. Il fallait nécessairement qu'elle fût poète. Il y avait tant de lettres adressées à des figures littéraires. Romana Alpern ? Non. Sofia Nalkowska ? Non. Deborah Vogel ? Non. Toutes ces candidates étaient, pour telle ou telle bonne raison, inadéquates. D'ailleurs, il y avait Jozefina : la fiancée catholique, toujours vivante. Une vieille femme. Largement octogénaire, peut-être, demeurant à Londres.

— Vous devriez vous y rendre, disait Heidi, pour découvrir sa version de l'affaire avant qu'il ne soit trop tard.

— Quel besoin ai-je d'aller à Londres ? Nous la connaissons, sa version. Elle voulait s'installer à Varsovie après le mariage. Elle a même parlé de Paris. Mais lui ne voulait pas quitter Drohobycz. Coincé. Paralysé.

— Elle est un témoin vivant de qui fut cet homme. Elle pourrait vous dire des choses. Elle pourrait vous dire pourquoi le mariage ne s'est pas fait, vous devriez lui parler.

— Elle était son ennemie, dit durement Lars.

— Elle l'aimait plus qu'il ne l'aimait — il l'a dit lui-même ! Comme si nous n'avions pas eu précisément cette lettre voilà moins d'une semaine ! Comme si je ne m'étais pas cassé la tête rien que pour me procurer cette lettre !

— Elle voulait qu'il fût normal, dit Lars.

Ils allaient et venaient de cette manière, sur chaque point de détail, désassemblant les choses et se disputant. Traces, restes, vestiges énigmatiques — sur chaque filament ils avaient leurs calculs et leurs spéculations, leurs coups de sonde et leurs perplexités. Drohobycz était sujet de perplexité : l'endroit ne figurait sur la carte de Pologne que dans les caractères les plus minuscules. C'était tout juste s'il y était. Insister pour pénétrer dans le décor et la substance de Drohobycz revenait à passer par un trou d'épingle. Les juifs hassidim du voisinage — disparus. La boutique du père du père de Lars — une mercerie — disparue. Il ne subsistait rien, pas un ruban, pas un dé à coudre. Entre Drohobycz et le père de Lars s'était produit une digestion mutuelle. Rue par rue, maison par maison, boutique par boutique, le père de Lars avait avalé Drohobycz tout entière ; Drohobycz était maintenant à l'intérieur de chaque récit. Et aussi Drohobycz avait avalé le père de Lars : un salaire minable, un emploi qu'il méprisait, une bande de parents à entretenir — paralysé, coincé, comment était-il possible de s'en aller ? Le père de Lars était une gargouille au flanc de Drohobycz, une verrue dans ses chairs les plus profondes. Une fois il était allé à Varsovie. Une fois il était allé à Lvov. Une fois même il était allé jusqu'à Paris ! Mais pour finir il était rentré chez lui pour être digéré. Tous ces noms considérables que Heidi déclamait en lisant les lettres, peintres et poètes, philosophes et romanciers, parfois deux ou trois dans la même personne — Stanislaus Witkiewicz, par exemple, célèbre sous le surnom de Witkacy — à quel genre de fantôme vivant croyaient-ils donc s'adresser, un professeur de lycée lui enseignait l'art et l'artisanat, maculé de peinture et de glaise provinciales ? Souterrain, immobile, coupé de tout. Jozefina voulut le faire baptiser après leurs fiançailles. Il refusa mais offrit une concession : il renoncerait au monde des juifs. De toute manière sa famille avait toujours gardé ses distances avec les traditionalistes bizarres qui grouillaient dans leurs longs manteaux noirs. Il était polonais : il s'était déjà jeté sur la mamelle sèche de la mère Pologne et niché sous sa langue. Pour peu qu'il eût jamais aspiré un mot ou deux de yiddish dans les airs, il n'en avait chargé ni sa salive ni sa plume.

Voilà ce qu'ils accumulaient, l'essentiel et les accessoires. Ils se rendaient compte du peu qu'ils possédaient. Ils pliaient et dépliaient les couches de la mince existence du père de Lars — elle mincissait encore. Ils avaient gratté tout ce qu'il y avait à gratter à Drohobycz, et de même sur la pauvre fiancée. Ils voyaient qu'ils en avaient presque terminé — c'eût été traire une pierre que d'en espérer plus.

Le reste n'était que citations, extraits, litanies. Ils en faisaient assaut. Heidi avait détecté l'existence d'un mémoire manuscrit : le compte rendu d'un dîner auquel le père de Lars et sa fiancée étaient invités. Le père de Lars mange sans émettre une syllabe, muet ; pendant ce temps, l'élégante Jozefina est animée, bavarde. La fiancée pépie, le fiancé se tait. La rédactrice du mémoire songe en elle-même : *Il n'y aura point de pain de cette farine.* Proverbe antique et prophétique : il n'y eut point de mariage. Et un soir Lars téléphona du *Morgontörn* pour annoncer la récupération, dans la corbeille à papiers d'Anders, d'une critique américaine. Une critique américaine ! Ébahissant. Les deux livres sont critiqués. En Amérique on appelle *Les Boutiques de cannelle* d'un autre nom : *La Rue des crocodiles,* d'après l'un des récits les plus horribles. Le deuxième livre s'intitule en anglais *Sanatorium sous le signe du sablier (Sanatorium Under the Sign of the Hourglass)* — suite sans fin de sifflantes. Le troisième, qui s'est perdu, n'est pas mentionné.

Il a enfin atteint l'autre rive, dit Lars très agité, il est passé au-delà de la petite Europe.

Il promit d'apporter la critique à la boutique de Heidi dans l'heure qui venait, pour l'y déposer pour ainsi dire à ses pieds. Il lui semblait qu'elle possédait le seul cerveau de Stockholm capable d'apprécier la valeur d'une telle offrande. Mais lorsqu'il arriva les moustaches noires tressautaient : elle n'était que victoire et mépris. Elle lui fourra sous le nez un périodique rare.

— Regardez ce que j'ai là ! Une lettre ! Nouvelle. Publiée pour la première fois.

Il y avait un moteur dans sa respiration, elle pompait la jubilation.

— Il écrit en 1934. Huit ans avant le meurtre. Écoutez ça ! *J'ai besoin de compagnie. J'ai besoin d'une âme sœur près de moi. J'aspire à la reconnaissance du monde intérieur dont je postule l'existence.* Et vous croyez pouvoir venir faire le faraud ici avec votre critique américaine ! Qu'est-ce qu'une critique ? Rien. Écoutez ! *J'aimerais poser mon fardeau sur l'épaule de quelqu'un d'autre pendant quelque temps. Il me faut un associé dans la découverte...* »

Lars dit d'une voix rauque :

— Où vous êtes-vous procuré tout cela ?

— Je garde l'œil ouvert. J'ai mes sources. Si quelque chose n'est pas encore revenu nicher à la maison, comptez sur moi pour le déterrer.

— C'est de moi qu'il parle, dit Lars. C'est moi qu'il voulait dire.

— Je vous en prie. Ça suffit comme ça. C'était des années avant votre naissance.

— Vous ne le comprenez pas. Vous ne savez pas. Il pense à l'avenir. A un soutien éventuel. Il pense à l'avance.

— Il pense à une femme, dit Heidi. C'est d'une femme qu'il a besoin. *Un associé dans la découverte* — C'est une épouse, non ?

— Un fils. *La reconnaissance du monde intérieur* — ça ne peut pas être une épouse. Il protège son intimité, ce n'est pas d'une épouse qu'il a besoin. Il n'a jamais eu d'épouse, d'ailleurs. Il peut renoncer à Jozefina, mais pas à la solitude. La solitude est précisément ce à quoi il ne renoncera pas. Le fardeau est envoyé vers l'avant — un signal qui traverse les gènes. L'associé dans la découverte, c'est la nouvelle génération.

Heidi eut un claquement de langue exaspéré.

— S'il n'est pas à la recherche d'une femme, pour quelle autre raison toutes ces lettres adressées à des femmes ?

— Ah ! dit Lars ; il sentit l'avantage changer de camp.

Il pensait mieux qu'elle ; il allait lui faire payer son dénigrement de la critique américaine.

— La vie d'un reclus — personne n'entre dans la maison ni n'en sort, sinon par l'intermédiaire des lettres. Il vit de correspondance. Les gens lui fichent la paix. C'est une façon de mitiger la solitude en s'épargnant les ennuis de la chair.

— Votre mère, répliqua vertement Heidi, n'était pas un bout de papier.

— Mon père transformait tout en papier.

Il se prépara en avalant une brève pincée d'air.

— *La réalité est aussi mince que le papier...*

— Vous n'allez pas me bredouiller ça encore une fois. Je sais exactement ce que c'est. C'est ce que vous répétez...

— *Et trahit par toutes ses failles...*

— *Son caractère d'imitation,* compléta Heidi. Billevesées et bouillie pour les chats. Faire marcher les choses sur la tête. Ce qui est réel est réel.

Elle retomba sur son siège sous la jonquille ; elle avait l'air ensommeillé qu'il tenait souvent pour dissimulateur. Il avait conscience une fois de plus de l'avoir emporté sur elle. C'était devenu un concours entre eux — un concours d'assimilation et de révélation. Elle avait, l'espace d'un moment, réussi à l'égaler, au coude à coude ; elle était tout à côté de lui. Elle comprenait, elle engouffrait, elle dévorait. Elle possédait des choses — elle possédait des faits, elle possédait tout ce qu'il possédait lui, elle savait et conservait le tout. Et en définitive elle n'était pas plus qu'une spectatrice. Ce n'était pas juste : même lorsqu'elle se hissait à son niveau elle n'était pas son égale, elle ne pourrait jamais être son égale, parce que l'auteur des *Boutiques de cannelle,* l'auteur de *Sanatorium,* l'auteur du *Messie* disparu, n'était pas son père. Il fallait que

Lars fût, par la nature des choses, en avance — toujours, toujours ; il était le fils de son père.

Elle l'en punissait en le rendant orphelin, sans cesse elle le ramenait au meurtre. Elle y arrivait par une dizaine d'itinéraires. Chaque fois c'était une surprise, une embuscade. Elle pouvait partir de n'importe où, elle arrivait quand même à écraser Lars contre ce jeudi, ce jeudi-là, le jeudi du meurtre : le jeudi 19 novembre. Ils découvrirent — les recherches de Heidi ! — que ce jour terrible avait un nom parmi les juifs de Drohobycz : le jeudi noir. Et la chasse elle-même, la traque des juifs à travers les rues, s'appelait « l'action sauvage. » Aussi méfiant que Lars tentât d'être, Heidi était assez rusée pour le prendre aux lacs de l'action sauvage. Ses pièges étaient ingénieux. Lars avait-il une fois de plus regretté l'absence du *Messie* ? Cela aboutissait à l'action sauvage, dans un camp, dans un meurtre. On savait que le père de Lars avait confié le manuscrit — à qui ? quand ? — pour qu'il fût préservé. Qu'était-il advenu du *Messie* et de son gardien ? Son gardien était-il homme ou femme ? Voisin ou inconnu ? Avait-il été tué pendant l'action sauvage, le jeudi noir ? Ou bien déporté, gazé. Le cadavre jeté dans le four ; la fumée dans la cheminée. Et *Le Messie* ? Si son gardien avait été abattu dans la rue, *Le Messie* s'était-il éparpillé dans le caniveau, pour y être rongé par les chiens, pourrir dans l'urine des chats ? Ou était-il enfermé dans une vieille commode d'une maison de Drohobycz aujourd'hui encore ? Avait-il été jeté aux ordures trente-cinq ans plus tôt ? Ou abandonné, mêlé aux vêtements et aux souliers de son gardien dans la montagne de vêtements et de souliers derrière les grilles du lieu de la mort ?

Dès qu'ils touchaient à quelque chose, Heidi faisait sonner ses chaînes — tout se rattachait au meurtre. Tout y était relié. Feuilletaient-ils les dessins du père de Lars ? Ils étaient assurés de tomber sur l'action sauvage ; l'action sauvage était irrésistible. Les dessins étaient suffisamment étranges en eux-mêmes — gnomes, difformités, psychologie, symboles. Anormaux. Les dessins, qu'étaient-ils ? De la panique figée. De la sauvagerie transposée. Le père de Lars lui-même, dans une lettre à Witkacy, en parlait comme d'images prédestinées, *toutes prêtes et nous attendant au début même de la vie.* Il y en avait un représentant un gentleman en haut-de-forme qui vient de sortir d'une charmille pour pénétrer en ville ; une bête importune à la nuque épaisse vêtue d'un costume trois pièces — une manière de chien — pose une lourde patte sur le coude du gentleman, le pressant, l'invitant. A quelque distance, caché parmi les arbres, un homme est debout, sa tête tout entière avalée par l'élément feuillu. Ce tableau avait attiré le goût de certain officier de la Gestapo. A cause des dessins il entreprit de devenir le « protecteur » de l'artiste. L'homme de la Gestapo donna au père de Lars un laissez-passer spécial pour sortir du ghetto — on avait installé un petit ghetto à Drohobycz — pour gagner les quartiers aryens de la ville. Il y avait du pain dans ces quartiers, et le père de Lars s'y rendit donc. C'était le jour de l'action sauvage, les SS grouillaient soudain dans les rues ; cependant, le père de Lars ne fut pas abattu au hasard. Un SS le reconnut pour le juif du gestapiste et l'abattit. Le SS était disait-on le « rival » du gestapiste. Rival en quoi ? Rival pourquoi ?

— Vous faites tout ressortir au même endroit, se plaignit Lars. Au mauvais endroit. Ce n'est pas ainsi qu'on est censé faire. Vous me faites perdre la voie, perdre le fil.

— Le fil ? Le fil ? Qu'est-ce que c'est que ce fil ? Qu'est-ce que que c'est que cette voie ?

— Les livres de mon père. Ses phrases.

— Des noms et des verbes ! Vous croyez que c'est de cela qu'il s'agit, de noms et de verbes ? Des phrases ! Des sujets ! Des prédicats ! Des bouts de papier !

— Le langage. La littérature. Le — il laissa échapper un soupir pas plus large qu'un filament — génie de mon père.

— Allez frapper à la porte de l'Académie et dites-leur d'y admettre votre père.

— Ils lui auraient décerné le Prix s'il avait vécu.

— Bah, il reste peut-être une chance. Peut-être

changeront-ils les règles et se mettront-ils à le décerner à des squelettes.

Un choc : elle voyait directement jusqu'au squelette. Sans préambule il comprit comment il se faisait que Heidi pût lui faire peur. Des squelettes. Tous ceux qui passaient près d'elle. Tous ses clients réfugiés. Probablement jusqu'à ce gamin turc — elle l'insultait, lui aboyait après. Pour ne rien dire de l'ex-précepteur de Lars, la fausse princesse, qui était assez dodue. Et qu'en était-il du Dr Eklund ? Le Dr Eklund, quand il se tournait à côté d'elle dans le lit par une nuit d'agitation — le grand lit nuptial de leur appartement —, le transperçait-elle jusqu'au xylophone des côtes ? Et la haute tête infantile et grisonnante de Lars Andemening : se réduisait-elle à une tête de mort lorsqu'elle le dévisageait, la bouche ensommeillée un peu de travers ?

Il vociféra :

— C'est peut-être à votre goût qu'il l'ait abattu dans la rue ! Vous avez peut-être de l'affection pour les SS ! De la nostalgie pour la Gestapo !

Il sentait que sa tête était tout entière devenue tête de mort. Il la regarda se lever, avec effort, de son siège : une vieille femme.

— Prouvez que vous êtes le fils de votre père, ordonna-t-elle. Pourquoi ne le prouvez-vous pas ? Je ne vous dis pas de prouver que c'est un génie. Je ne vous dis pas de prouver ses noms et ses verbes. Je vous dis de prouver qu'il est votre père.

— Je connais sa voix. Je connais son esprit.

Un irrépressible besoin de dire monta en lui. Il avait envie de lui dire qu'il connaissait l'œil de son père ; mais n'en fit rien.

— Pourquoi n'avez-vous pas choisi Kafka pour en être le fils ? Là, les gens réagiraient. Ils seraient impressionnés. Ils se retourneraient sur vous.

— Je sais qui est mon père. Je le connais sous tous les angles. J'en sais plus que quiconque.

— Vous le connaissez sous tous les angles, chantonna-t-elle. Vous l'avez collectionné. Vous êtes un collectionneur !

— Parfois, dit lentement Lars, ses mots sortent de ma bouche.

— Vous êtes critique ! vous rédigez des critiques ! Personne n'obtient le prix Nobel pour des écrits du lundi !

Très lentement il se mit à le lui dire. Il avait une pierre sur la langue, mais il commença :

— Quand je me réveille, dit-il lourdement, je vois l'œil de mon père. On dirait que c'est mon œil, mais c'est le sien. Comme s'il me laissait son œil pour voir.

— Vous voulez le ressusciter. Vous voulez être lui.

Elle ne s'adoucissait pas.

— Simulation. Vous prenez des poses dans un

miroir. A quoi bon ? Qu'est-ce que cela vous apportera ? Vous gâchez votre vie.

— Et la vôtre ?

La pierre tomba.

— Si vous demandez à quoi bon, comment se fait-il que vous y participiez, vous ? Vous y participez autant que moi. Plus. C'est vous qui avez trouvé tout ce qu'il y a de mieux. Les lettres. Tout ce qui vient de Varsovie. Si j'y perds mon temps à moi, comment se fait-il que vous n'y perdiez pas le vôtre ?

— Quand le Dr Eklund n'est pas là, cela passe le temps.

Elle se rassit sous la lampe ; elle leva la main pour l'éteindre.

— Le Dr Eklund m'a mise en garde depuis longtemps contre le sommeil de jour. Cela provoque des hallucinations. Mon pauvre Lars, vous avez des visions. Ça ne sert à rien. Si je n'avais pas ma boutique pour me tenir occupée, je ferais la sieste dans l'après-midi comme vous.

Les dernières syllabes flottèrent dans l'espace noir. Un filet de lumière de la rue filtrait à travers les carreaux de la porte.

Lars vint se tasser sur le sol à côté d'elle.

— Voulez-vous du café ? demanda-t-elle soudain.

— Non.

— Alors de la vodka ?

— Non.

— Dans ce cas vous feriez mieux de rentrer. On est au milieu de la nuit.

— Je ne reviendrai pas, dit-il.

Un fragment de rire égratigna les ténèbres. Lars dit :

— Non, c'est fini. Je n'obtiens de vous que des moqueries. Ça suffit.

— Vous voulez être cru sur parole ?

— Je veux qu'on me fasse confiance. J'ai besoin de confiance.

— Vapeur et fumée. Des histoires, des lettres — elles sont toutes l'hallucination de quelqu'un. Comment savez-vous que vous n'êtes pas né ici même, à Stockholm ? Un nourrisson, passé en contrebande ! Ce n'est qu'une histoire. Vous n'êtes sûr de rien. Votre mère est un nuage, votre père un brouillard. Il n'y a rien de solide dans quoi que ce soit de tout cela.

— En dehors du meurtre et des coups de feu. Ça, vous y croyez !

— La mort est solide.

Elle fut d'un seul coup hors d'elle-même ; elle écarta tout grands les bras. Le geste d'un oracle. Il était étonné — voilà qu'elle livrait son ancien paysage à elle, elle prenait son tour. C'était sa vie — la vie d'avant — qu'elle lui donnait, comme ça, tout à coup : la vie d'avant le Dr Eklund. Elle l'exprima dans le tracé soudain de deux ou trois lignes — ses bras une ligne dans l'air noir, la clôture une rangée de lignes noires. Cela lui apparut dans le noir avec la clarté simplifiée d'un dessin au fusain — une image prédestinée.

Il suivit les lignes noires, il la suivit à la trace, là, à côté de la clôture, soulevant des masses informes pour les faire passer aux ombres de l'autre côté : jeune femme elle avait vécu, dit-elle, dans un village non loin d'un de ces camps, et s'était glissée nuitamment aussi souvent qu'elle l'avait pu sans se faire repérer pour jeter des vivres par-dessus la clôture. C'était comme une cage là-dedans, bourrée de bêtes à l'agonie. Elle les entendait gratter, griffer, se faufiler dans des frottements feutrés ; c'étaient tous des ombres ; ils avaient peur d'approcher. Elle les entendait déchirer le papier des emballages ; puis ils le fourraient dans leurs manches, dans leurs souliers ; elle les entendait déglutir et mastiquer. Parfois ils vomissaient, ou explosaient, avec des cris semblables à ceux de bêtes muselées, en flots de diarrhée ; elle distinguait tout cela dans la nuit aveugle au son et à l'odeur pestilentielle. Souvent elle entendait tirer ; les coups de feu n'avaient aucun sens, elle n'aurait pu dire où ni pourquoi on tirait, ils n'avaient pas de direction. Parfois ils semblaient provenir d'entre ses propres pieds. Et immédiatement après la guerre elle avait ramassé la lampe jonquille, rien que cela, et quelques vieux livres, et elle avait gagné le nord, traversant la frontière, laissant l'Allemagne derrière elle. Elle n'y retournerait jamais. Si elle y avait une famille elle n'en parla pas. A Stockholm elle avait trouvé le Dr Eklund et l'avait épousé.

Il ne l'avait jamais vue en proie à une telle excitation. Quelque chose l'avait provoquée. Ses joues étaient tirées vers le bas — deux bouffissures de pâte lourde ; brusquement elle avait l'aspect d'un bouledogue. Il ne la croyait pas ; c'était une menteuse. Elle voulait n'être plus ce qu'elle avait été auparavant. C'était plus intuition que suspicion s'il ne la croyait pas : elle en savait trop sur cette clôture — sur ce qui se passait de l'autre côté, parmi les ombres. Elle savait ce qu'elles faisaient avec les morceaux de papier — comment elles en fourraient jusqu'au moindre débris à l'intérieur de leurs haillons pour en faire une doublure contre le froid, comment elles en capitonnaient leurs souliers contre les ampoules. Elle avait des vues étrangement intimes — comme des évocations — de la faim et des vomissements et de l'explosion des entrailles. Elle les évoquait avec une mémoire votive. Elle évoquait trop bien, trop puissamment, trop précisément : l'espace nocturne qui s'ouvrait au-delà de la clôture ne pouvait rendre compte d'une telle profondeur d'évocation. Il supposa qu'elle était l'une d'entre elles, mais cachée — une des ombres à l'intérieur.

— Vous êtes une réfugiée, dit-il. Une survivante. Comme moi.

— Comme vous ? Vous ne savez pas ce que

vous êtes ! En sûreté à Stockholm toute votre vie ! Vous ne savez pas qui vous êtes !

Elle laissa échapper ce même rire sans retenue qui était tout nouveau : avec quelque chose d'un chien.

— Vous pourriez dire que vous êtes n'importe quoi !

— Vous étiez derrière cette clôture. A l'intérieur.

— A l'extérieur. J'entendais les coups de feu.

— Vous voulez le cacher. Vous avez peur d'être reconnue pour ce que vous êtes.

— C'est ça, marrane. Comme les idées que vous vous faites sur la reine, pauvre femme !

— Vous ne voulez pas le reconnaître. Vous voulez vous en débarrasser. Votre nom, accusa-t-il — il l'avait lu subrepticement écrit sur l'un de ces vieux livres qu'elle avait. J'ai vu ce qu'était votre nom autrefois.

— Il y a beaucoup de bourgeois bavarois qui se nomment Simon. Ils sont tous catholiques.

— Et vous, qu'êtes-vous ?

— Par religion ? Libraire.

— Une réfugiée, s'obstina-t-il, semblable à toutes les réfugiées. Une rescapée. Une survivante.

— Stockholm est pleine de survivants, dit-elle. Elle avait retrouvé son calme maintenant.

Elle était obstinée. Elle n'allait pas céder. Au lieu de quoi, elle tendit sa clé.

— Tenez, vous vous ouvrirez la porte. Vous reviendrez, quoi que vous disiez.

— Non. Je ne reviendrai pas. Je vous l'ai dit.

Elle se glissa derrière lui jusqu'à la porte. La petite frayeur qu'elle lui inspirait toujours semblait avoir réchauffé la clé tandis qu'il la faisait tourner ; puis il la lui rendit.

— Vous aurez envie de revenir. Pensez à ce que vous avez commandé ! Des Polonais et des Tchèques ! Vaculik, Hrabael, Konwicki. Witold Gombrowicz ! Vous ne reviendrez peut-être pas pour moi, mais pour Konwicki, pour Gombrowicz...

Il sortit dans le froid — elle continuait de rire, là, derrière la porte. Moqueuse. Mais c'était ainsi ; pour l'amour de ceux-là il y retournerait. Il sentit qu'elle l'avait emporté sur lui en définitive. Il était heureux de s'en tenir à l'écart. Il s'écoulerait peut-être des semaines avant qu'elle ne le ramenât, poisson sans défense au bout de sa ligne, pour prendre sa commande. Tout le temps qui s'écoulerait jusque-là il se tiendrait à l'écart, il se tiendrait à l'écart de toutes ses forces. Il s'avisa du degré de son isolement. Il s'était imaginé qu'elle avait tissé des liens avec lui. C'était avec le meurtre, seulement avec le meurtre qu'elle était liée. Avec le squelette de son père.

6

Pendant le week-end il alla rendre visite à la mère d'Ulrika. Elle vivait en banlieue, dans une zone au-delà de la ville qui avait autrefois été semi-rurale et qui devenait désormais de plus en plus turque. La mère d'Ulrika était fière de sa maison — elle était dans la famille, par les femmes, depuis sept générations. Les fondations étaient en pierre, le reste en vieille brique couleur rouille. Lars fut frappé — pour la première fois — du fait que la chevelure d'Ulrika était exactement de cette couleur : brique entièrement saupoudrée de brun. Birgitta, sa première épouse, était une blonde ordinaire. Il n'avait eu aucune nouvelle de Birgitta depuis plus de dix ans. Elle était remariée et avait deux jeunes enfants, cela il le savait, mais autrement elle ne pénétrait presque jamais son esprit. Ulrika, il lui en avait voulu autrefois, parce qu'elle avait emmené leur fille en Amérique. Mais la rancœur avait rassi, et lorsque la mère d'Ulrika, en proie à la confusion, l'introduisit dans la maison, il se rendit compte que depuis peu Ulrika non plus ne pénétrait guère dans ses pensées. Même sa petite fille avait commencé à s'estomper.

— Lars ! Vous devriez me prévenir quand vous venez. Vous devriez téléphoner, pour l'amour du ciel !

— Je n'ai pas le téléphone.

— Vous n'étiez pas aussi primitif autrefois. Regardez-moi, un vrai tas de boue, dans quel état je suis, j'arrive droit du jardin...

— Je vous ai apporté quelque chose. Mon appartement est si petit que je n'ai pas la place d'y ranger quoi que ce soit.

La bouche de la mère d'Ulrika se pinça soudain vers l'intérieur. C'était une grimace que Lars se rappelait avoir vue à Ulrika.

— Je ne peux pas garder vos affaires pour vous, Lars. Ce n'est pas bien. Nous avons cessé d'être parents. D'ailleurs, Ulrika a un petit ami américain, maintenant. Un ingénieur. Il travaille pour IBM.

— Ce sont les affaires de Karin, pas les miennes.

Il tira un objet plat et rectangulaire de sa sacoche et le déposa entre eux sur la table du salon. C'était la vieille boîte de couleurs de sa fille.

— Qu'est-ce que je suis censée faire de ça ?

— Rangez-le quelque part.

— Ça n'a pas de sens de garder une chose de bébé telle que celle-là. La prochaine fois que je vais voir Karin elle sera grande. Je peux vous montrer ses dernières photos si vous voulez — elles viennent d'arriver la semaine dernière. Une grande et forte fille. Tous ces cheveux noirs — elle tient de vous avant quand vous n'étiez pas gris. Et puis tenez, dit-elle, les couleurs sont toutes desséchées, ça ne vaut plus rien de toute manière.

— Il y a longtemps que c'est comme ça.

— Quel besoin ai-je d'une vieille saleté toute desséchée comme celle-ci ?

— C'est un souvenir.

— C'est l'idée que vous vous faites d'un souvenir, Dieu m'en garde ! C'est parce que vous ne savez pas ce que c'est qu'hériter, Lars. Je ne vous en veux pas. J'ai toujours eu de la peine pour vous.

— Quand Karin était toute petite, elle adorait déjà peindre, dit Lars.

— Tous les gamins aiment faire des saletés.

Espèce de vieille veuve ignorante. Il songea aux dessins de son père : *toutes prêtes et nous attendant au début même de la vie.* Est-il possible que ces images prédestinées passent d'une génération à l'autre ? — il se rappela combien certaines lignes fantomatiques, exubérantes, curieusement puissantes et vigoureuses, l'avaient étonné, quand elles jaillissaient du farouche petit poing de sa fille : le pouvoir des gènes. Ulrika n'y avait guère pris garde.

— J'ai dit à Ulrika, dit la mère d'Ulrika, que ça

serait très dur pour elle si elle épousait un orphelin. Nous sommes une famille qui a toujours possédé une maison bien à elle. La maison même dans laquelle vous vous trouvez, de la pierre massive, de la bonne brique, là on peut parler de souvenirs ! Et un joli jardin aussi. Ulrika, je lui ai dit, nous savons qui nous sommes. Nous sommes d'ici, nous l'avons toujours été. Je lui disais que ce serait comme partir avec les romanichels de suivre un orphelin. Ce n'est pas votre faute, Lars. Mais ce n'était pas bien pour Ulrika. Ce n'est pas faute de le lui avoir dit, croyez-moi. Elle est devenue romanichelle elle-même. Dieu sait quand elle retrouvera le chemin du pays natal. Jamais, peut-être. Elle parle américain jour et nuit désormais, et dans son sommeil. Sur ces photos Karin a l'air cent pour cent américaine, vous ne trouvez pas ? Ces chaussures ! Ulrika ne devrait pas tolérer des chaussures pareilles. Et cette chevelure noire. Jamais je n'aurais pensé avoir une petite-fille aussi brune qu'un des Turcs qui vivent par ici. Il y en a partout maintenant. Mes plus proches voisins à gauche et à droite. Je ne peux plus travailler dans mon jardin sans qu'un Turc ou un autre m'observe. Les femmes c'est pis.

Il demeura auprès d'elle une heure encore, retrouvant la trace d'Ulrika dans chacun de ses gestes — quelque chose qu'il n'avait encore jamais observé. De temps en temps il baissait les yeux sur les photos de sa fille. A l'évidence elle serait grande, mais pour le reste c'était tout juste s'il se reconnaissait en elle. Il n'avait toujours pas accepté son prénom — lui qui avait choisi le sien, et dans un dictionnaire, comme un sort ! Karin : Ulrika avait tenu à cette banalité. Lars avait rêvé des quatre grandes Mères bibliques. Rachel, Rebecca, Sara, Lea. Sur les clichés — il les tenait comme un paquet de cartes, avec frivolité — Karin s'éloignait de lui ; elle ne semblait guère plus qu'un moulage en plâtre aux yeux vides. L'original était ailleurs. Sur les photos elle était plus âgée et plus rude que la vive enfant qui avait possédé la boîte de couleurs dont il cherchait aujourd'hui à se débarrasser. Peut-être la retrouverait-il un jour ; peut-être pas. Si elle se languissait de lui elle se mettrait à sa recherche. Elle étudierait son cas s'il le méritait. Même une enfant peut devenir une érudite de la perte. Il se demanda s'il ne devait pas reprendre la boîte de couleurs — la mère d'Ulrika allait seulement la jeter à la poubelle, rien n'était plus évident. Mais il la laissa pourtant.

7

C'était facile de ne plus aller voir Heidi. Il mesura cette facilité. Heidi ne lui était rien. Il n'avait perdu personne. Pourtant il était tourmenté de temps à autre par une lourdeur, un épaississement des poumons, un remuement intérieur aussi visqueux que le deuil.

Passant devant l'Académie, il découvrit que cette densité de respiration, cette viscosité, était seulement de la fureur ordinaire. Mme Eklund ! Elle était jalouse : elle l'avait traité de collectionneur et son père de squelette. *Une femme de médecin vous considère comme un fou ou comme un simulateur* — c'était extrait du dernier paquet de lettres que Heidi avait réussi à se procurer à Varsovie : elle avait récité cette insulte avec entrain.

— Sans aucun doute une mauvaise traduction, avait-elle ajouté pour être honnête.

Il s'empara de l'original polonais. Les mots ne changèrent pas de place. Ils appartenait à Witold

Gombrowicz, un des copains épistolaires de son père. Six ans avant le meurtre (calcul de Heidi), le père de Lars, dans une lettre ouverte à la presse avait craché une réplique furibonde à cette femme de médecin et à ses opinions : *Cher Witold... Ce sont les instincts de la masse qui éclipsent en nous la clarté du jugement, réintroduisent les épistémologies barbares et archaïques, l'arsenal d'une logique atavique qui a fait faillite... tu prends le parti de l'infériorité.* La pauvre femme de médecin, Gombrowicz l'avait rencontrée dans le tramway numéro dix-huit, en 1936 dans la rue Wilcza. Il était probablement vrai que Gombrowicz avait pris son parti. Elle était exaspérée, le père de Lars lui passait au-dessus de la tête. Fou ou simulateur. Elle le condamnait parce qu'il la dépassait. Épistémologies barbares !

Elle devait être vieille désormais, cette femme de médecin que Gombrowicz avait rencontrée dans le numéro dix-huit, aussi vieille que Jozefina, la fiancée ; ou morte. Gombrowicz, humoriste acide, était mort lui aussi. *Tu prends le parti de l'infériorité.* Au-dessus de l'Académie, dans le ciel nocturne, flottant, ondoyant, porté par les courants de neige, Lars vit, ou vit presque, le corps de son père, pas du tout squelette — apparition incandescente, gonflée de lumière, renflée, la lumière tendant la peau de son père jusqu'à la plus pâle transparence. Ce père-ballon, répandant sa luminosité, la lumière tombant en nappes de son corps enflé, dérivait dans le flot blanc et se confondait avec lui. Forme d'abord confuse qui s'épaissit avant de disparaître, laissant un vide : au-dessus du toit de l'Académie il n'y avait plus que l'averse des guillemets de neige dans un déferlement éclatant.

C'était un jeudi soir. Au *Morgontörn,* devant le bureau d'Anders, dans la minuscule pièce d'Anders, Lars — rigide, électrique, anxieux — tapait sa critique pour le lundi suivant : un roman de Danilo Kiš, traduit du serbo-croate ; et Gunnar était là qui se penchait sur lui, taquinant et titillant, et voilà qu'Anders sortit de l'antique ascenseur, soufflant une haleine vaporeuse de dragon, strié et piqueté de neige fondue. Anders se débarrassa de ses caoutchoucs d'un coup de pied et tendit la main vers sa vodka. Les petites souris s'enfuirent. La page de Lars était pleine d'erreurs. Il entreprit de retaper entièrement sa première phrase : *Voici un univers aussi confiné qu'un piège, où les seuls héros sont les victimes, où le mutisme est réservé aux intrépides.* Grandiose soliloque — ses mots lui donnèrent aussitôt la nausée, rebattus, pontifiants, poseurs. Tout pour le geste. Un vertige traversa la tête de Lars. Les duettistes, Gunnar et Anders, tournoyaient autour de lui — une paire d'histrions désespérés, de rivaux, de siamois. Ils exécutèrent leur vieux numéro : chahutant et chicanant, se décochant des morsures l'un à l'autre et tous deux à Lars.

Anders tendit un bout de papier à Lars — c'était Heidi qui l'avait rappelé. Elle avait besoin de lui, elle se rendait. Mais la note, griffonnée d'après le téléphone par la réceptionniste somnolente du *Morgontörn* n'était ni plus ni moins qu'une erreur. MME EKLUND A TÉLÉPHONÉ À PROPOS DE VOTRE SŒUR. Cette imbécile du rez-de-chaussée. Lars, dans le couloir, remplit docilement la bouilloire d'Anders au robinet. Dans le petit bureau d'Anders, Gunnar était en train de pépier *confiné comme un piège, où les seuls héros sont les victimes,* et tout le reste. Cela fit honte à Lars. Il était incapable de colère contre ces intéressants malheureux, mais il se sentit dépourvu de poids dans le monde, molécule à la dérive tressautant dans un canal.

— Messieurs, dit-il, je m'en vais.

Et il sortit à grandes enjambées pour aller récupérer ses Tchèques et ses Polonais à la boutique de Heidi.

8

De l'autre côté de la place, au-dessus de l'Académie, la forme boursouflée de son père s'était depuis longtemps désintégrée parmi les clochers gris et la neige qui tombait de travers. L'odeur de roussi, qu'était-ce ? Il traversa le pont qui franchissait les écluses, où la Baltique salée vociférait sous ses pieds. Il s'était tenu à l'écart trois bonnes semaines. Heidi le laissa poireauter avant de répondre à la porte.

— Vous sentez le bélier en rut, se plaignit-elle. Il était en nage d'avoir marché vite — presque couru — dans la neige fraîche. Ses souliers dégouttaient. Elle les lui fit laisser dans le vestibule ; elle grommela qu'il l'interrompait — elle était en plein travail, une grosse livraison était arrivée le jour-même. Mais il vit au long et lent bâillement qu'elle ne put réprimer que le choc de son canif contre le verre venait tout juste de la tirer du sommeil. Elle passait la nuit sur la couchette dans l'arrière-boutique. Le Dr Eklund était ailleurs ; il sembla à Lars qu'elle en était gênée.

— Il n'y a que vous pour vouloir des machins pareils, lui dit-elle — c'était, cette remarque, une banalité dans sa bouche. Vaculík, Hrabael, Gombrowicz, Konwicki. Elle empila sa commande sur la petite table de son arrière-boutique.

— Quels noms ! N'avais-je pas dit que ces gens-là vous feraient revenir ?

Elle bâilla de nouveau, mais avec une certaine suffisance volontaire.

— Pourquoi n'êtes-vous pas venu la semaine dernière ? Quand j'ai téléphoné ?

— Anders a pris votre message sur le bureau de la réceptionniste voilà une heure, dit Lars.

— Une heure ? Ce journal pour lequel vous travaillez ! Il annoncerait la fin du monde avec une semaine de retard.

Voilà qu'elle était terriblement réveillée tout à coup.

— Vous arrivez trop tard, de plusieurs jours. Je croyais que vous auriez eu le bon sens de venir ici tout de suite. Je l'ai fait attendre tout l'après-midi.

— Et qui donc ?

— Une femme qui s'intéresse au polonais.

Elle se montrait méfiante, roublarde. Au cours de ses trois semaines d'absence il n'avait pas oublié combien elle pouvait se montrer dangereuse, la faculté qu'elle avait de le désarçonner.

Si la princesse veut me reprendre, dit-il, c'est elle qui est en retard. Elle m'a mis à la porte quand je croyais avoir encore besoin d'elle. Je n'en ai plus rien à faire désormais, mais il reconnut à son propre coassement — tandis qu'il avalait la goutte de vodka que Heidi lui avait donnée quand il l'avait demandée — que quelque chose de nouveau se tenait entre eux.

— Non, non, pas Mme Rozanowska. Je leur ai dit qui au *Morgontörn.* Je le leur ai dit. Ils devaient le mettre dans le message. Mon Dieu, Lars, si vous aviez votre téléphone chez vous comme une personne normale...

Il tira de sa poche le bout de papier roulé en boule qu'Anders lui avait apporté pour le regarder. MME EKLUND A TÉLÉPHONÉ À PROPOS DE VOTRE SŒUR. La neige avait mystérieusement réussi à se glisser dans sa poche et à mouiller tout ce qui s'y trouvait. Les mots ridicules avaient commencé à couler.

— Je n'ai pas de sœur, je n'en ai pas. Il n'y a pas de sœur où que ce soit dans cette histoire. Vous le savez.

— C'est probablement vrai. Je n'ai pas cru qu'elle était bel et bien votre sœur. J'ai flairé quelque chose de louche du début jusqu'à la fin.

Heidi produisit l'un de ses froncements calculateurs — elle nageait dans une béatitude scandaleuse.

— Je ne dis pas qu'il n'y avait pas de ressemblance, mais le fait est qu'elle n'est pas revenue. Elle a dit qu'elle reviendrait et elle ne l'a pas fait. Je lui ai dit de le laisser pour vous mais elle a refusé. On ne peut pas lui en vouloir, s'il est authentique.

— Laisser quoi ? Si quoi est authentique ?

— Mon cher petit — elle ne s'était encore jamais adressée à lui ainsi, lui avec sa tête grisonnante ! Mais il y avait dans ses paroles une importance pénétrante. — Elle détient le manuscrit du *Messie* dans un petit sac en plastique blanc. Elle le trimballe partout comme ça. L'original. La chose elle-même. Je l'ai vu de mes propres yeux.

— *Le Messie* ? Nul ne le détient. Il a disparu. Il n'existe pas.

— Elle l'a dans son sac.

— Qui, pour l'amour du ciel ?

— Votre sœur.

— Il n'y a pas de sœur. C'est une imposture. Vous vous êtes fait avoir.

— Elle n'a pas dit qu'elle était votre sœur. C'est une conclusion que j'ai tirée moi-même.

— Vous avez tiré une conclusion ! glapit-il.

— Bah, si elle se prétend la fille de l'auteur du *Messie*, et que vous en êtes, vous, le fils, ça fait d'elle votre sœur. Une question de bon sens.

— Une question de bon sens ! La fille ! Il n'y a pas de fille ! Il n'y a pas de *Messie* !

— Il n'y a pas si longtemps vous étiez d'une opinion différente.

— Le manuscrit a disparu, il n'est pas homme vivant qui pense autre chose.

— Vous disiez vous-même qu'il pouvait avoir été caché.

— Le détenteur ou la détentrice, Dieu sait qui, ont été déportés. Ils sont morts.

— Elle, elle n'est pas morte. Elle m'a dit que la raison pour laquelle elle l'avait était précisément qu'elle est sa fille. Personne d'autre n'aurait pu se le procurer. Il a été explicitement épargné pour elle.

Lars dit :

— Il n'y a pas place dans l'histoire pour un autre enfant. Ce n'est pas faisable. Cela ne se peut. Vous connaissez l'histoire aussi bien que moi. Il n'y a que moi.

— Ma foi, peut-être qu'il n'y a que vous et peut-être pas. Et si vous y êtes, pourquoi ne pourrait-il y en avoir un autre ?

— Qu'a-t-elle dit ? Qu'a-t-elle dit exactement ?

— Que l'homme qui a écrit *Le Messie* était son père.

— Mais c'est mon père à moi ! cria Lars.

Heidi rayonnait d'une félicité retorse.

— Si le manuscrit n'existe pas, et si la fille n'existe pas...

— Vous savez qu'il n'y a pas de fille.

— ... alors peut-être qu'il n'y a pas de fils non plus.

— Mais je suis ici. Me voici.

— C'est exactement ce qu'elle a dit, elle. Une énonciation biblique. Et elle est tout aussi convaincue que vous.

Elle portait un béret blanc. Pas trop éloignée de l'âge de Lars lui-même, à en juger par sa chevelure, qui commençait tout juste à blanchir, encore que d'un seul côté d'une raie au milieu un peu archaïque ; le visage était aussi lisse que celui d'un bébé.

Il y avait certainement une ressemblance, pas très prononcée — ce n'était pas une jumelle — mais pleine, comment dire, de signes parlants. Les similitudes étaient dans les absences, dans le genre d'air qu'elle n'avait pas. Elle n'avait pas l'air satisfait. Elle n'avait pas l'air — eh bien, normal. Ces signes négatifs avaient amené Heidi à faire très attention, mais pas d'emblée — Heidi montait la garde dans l'attente du Dr Eklund. Le Dr Eklund devait rentrer d'un moment à l'autre de Copenhague. Cette femme avait brusquement surgi de nulle part — de la neige — avec son sac de plastique blanc. Heidi l'avait tenue à l'œil — les voleurs se servent de ce genre de sac. Mais la femme ne s'était pas approchée du tout des rayons ; elle avait tourné et retourné dans les allées. La boutique était plongée dans un féroce éclat matinal : un éblouissement neigeux étrangement traversé des premiers coups de sabre du jeune soleil, trop tranchant pour être soutenable.

Toute cette blancheur exagérée semblait se presser comme une foule dans l'étroit vestibule de la boutique et avait poussé la femme à l'intérieur. Elle demanda le propriétaire au jeune Turc — c'était le propriétaire qu'elle voulait à cause de ces tas de livres étrangers dans la vitrine. Les livres étrangers l'avaient attirée ; elle n'avait jamais remarqué cette boutique auparavant. Elle avait l'habitude de se promener à pied à travers tout Stockholm, mais elle y était encore nouvelle venue. Une nouveauté dont on pouvait juger par son accent. Elle avait quelque chose d'étonnant, quelque chose d'effarant, dans son sac. Y avait-il quelqu'un — peut-être même le propriétaire — qui lût le polonais ? Ou qui eût accès à l'intelligentsia polonaise du lieu ? Dans ce sac qu'on voyait, ce sac qu'elle tenait à la main (il était assez léger, ce n'était pas un gros volume), il y avait l'œuvre d'un génie qui se trouvait — qu'on ne compte pas sur elle pour être timide à ce propos, pour mettre sa lumière à lui sous le boisseau ! — qui se trouvait être son propre père. Mort. Assassiné. Victime, voilà bien longtemps, mais immortel. Et elle était la fille. *Me voici !* Elle avait hérité le dernier manuscrit connu de son père, un chef-d'œuvre que le monde entier croyait anéanti, effacé, disparu. Il méritait d'être traduit en suédois ; elle ne pouvait le faire elle-même. Il méritait d'être traduit dans chacune des langues de la terre. Une œuvre visionnaire — le titre lui-même montrait à quel point. Oh, effarante, qu'on ne pouvait expliquer en une demi-minute seulement. Était-il possible que le propriétaire connût quelqu'un qui fût capable de faire quelque chose pour un manuscrit tel que celui-là ? Le racheter, lui accorder son salut, le répandre comme un Évangile ? Bref, elle cherchait un traducteur.

— Et vous lui avez offert la princesse, coupa Lars.

— C'est vous que je lui ai offert.

— Qu'est-ce que vous racontez ? Que lui avez-vous dit ?

— Je lui ai dit que vous étiez baigné de polonais. Je lui ai dit que vous aviez ça dans la peau, non que vous le parliez comme si c'était votre langue maternelle, mais si quelqu'un fût jamais possédé ! Je lui ai dit que vous étiez fou de littérature. Je lui ai dit que vous étiez un connaisseur de l'auteur du *Messie*. Je lui ai dit tout ça.

— Mais pas le fait profond. Pas ça.

— C'est votre secret, non ? Vous vous gardez bien de ne pas le garder, sauf quand vous vous mettez à le répandre. Comment pourrais-je dire ce que vous ne dites pas ? L'ennui c'est que vous n'avez aucune confiance en moi.

— Si elle avait un accent... il ravala ce qu'il avait voulu dire. Quel genre d'accent ?

— Comment le saurais-je ? J'ai un accent moi-même.

— Son nom, alors. Elle a donné son nom.

— Elsa. Non, Adela. Je crois que c'était Adela. Ne m'ennuyez pas avec des choses pareilles, Lars. J'ai bien essayé de vous joindre, après tout. J'ai laissé ce message au *Morgontörn.* Que pouvais-je faire de plus ? Et je lui ai demandé d'attendre, d'attendre, d'attendre. Elle en a eu assez d'attendre, elle est partie. Vous lui en voulez ?

— Où demeure-t-elle ?

— Elle ne l'a pas dit.

— Elle n'a pas laissé de numéro de téléphone ?

— Elle a dit qu'elle préférait revenir, tout simplement.

— Mais elle n'est pas revenue. Depuis toute une semaine. Nous l'avons perdue et c'était une folle, une usurpatrice…

— Il y avait quelque chose en tout cas dans ce sac.

— Ce n'était pas *Le Messie.*

— Alors pourquoi cela vous ennuie-t-il que nous l'ayons perdue ?

Il y avait de l'épuisement entre eux désormais, comme s'ils venaient de sortir en courant d'une maison incendiée. L'odeur de roussi montait des vêtements de Lars : elle s'échappait de son ventre, de ses aisselles, des poches trempées sur ses hanches, de ses pieds mouillés par la neige. Heidi rayonnait comme une braise. Sa bouche se détendit, retrouvant son air ensommeillé. Lars se demanda si, avec le grand talent qu'elle avait pour mettre les choses tout de travers, elle avait confié son histoire — son fait profond — au Dr Eklund ; ou si elle lui avait confié sa propre histoire à elle. La clôture. Elle avait, à la dernière minute, renoué avec leur vieille habitude du « nous » — cela ne lui avait pas échappé. Mais on ne pouvait compter sur elle : il s'avisa que la femme au béret blanc, dans l'éclat blanc du matin, portant un *Messie* d'une légèreté de plume dans un sac blanc était, si elle n'était pas un ange, un mensonge.

— Il y a quelque chose qui brûle, dit-il.

— Mon Dieu ! Le réchaud. Allez voir, Lars. Je pense que j'ai oublié d'éteindre sous le ragoût cet après-midi. Je me fais vieille.

Il fit deux pas.

— Le feu est éteint. Il n'a pas été allumé.

— Alors c'est l'odeur de la colle. La colle des reliures de ce nouvel arrivage. Parfois elle sent comme ça. Ou alors c'est vous. La sueur. Un bélier en rut. La pollution.

Elle baissait, vacillait, comme une lumière qui va mourir. Quelque chose la mouchait comme une chandelle.

— Le plafond de neige qui pèse sur nous. Il maintient la fumée près du sol. Dans les rues. Toutes les cheminées de la ville crachent de la fumée...

— Ça pourrait bien être les cheminées, accorda-t-il.

Une anomalie de l'atmosphère. La météorologie. Stockholm mijotant au rebord le plus septentrional de l'Ouest industriel. Les maisons agglutinées, les clochers comme une armée de baïonnettes, immeubles de bureaux, usines, appartements, ordinateurs, les brumes pleines d'escarbilles de l'habitat, l'hésitation, l'usage, l'usure, le déclin, la perte. La mauvaise odeur qui régnait derrière cette clôture. Et jusqu'au sillage des anges. Les blanches ailes des anges qui passent en troupeaux dégagent, c'est bien connu, une odeur de plume brûlée. Il songea à sa petite peur.

— Le Dr Eklund, dit-il, quand est-il rentré de Copenhague ?

— Il n'est pas encore rentré. Regardez l'état des routes, pour l'amour du ciel. Les avions ne décollent pas par gros temps.

— Cette conférence n'est-elle pas terminée depuis longtemps ?

— Quelle conférence ?

— Celle de Copenhague.

— Ce n'était pas une conférence. Vous avez confondu Copenhague avec un autre endroit. C'était une consultation. La danseuse étoile du Ballet danois. Elle refuse de jouer. Refuse de mettre les pieds sur scène.

— Le Dr Eklund n'est pas à Copenhague, dit Lars.

— Ma foi, cela se peut. Dieu sait où il sera retenu. On ne sait jamais avec certitude.

Elle dériva vers sa couchette. Elle avait besoin de sa couchette ; elle était vieille et pleine de sommeil. Elle voulait qu'il parte. Mais il insista — il sentait ses dents s'enfoncer.

— Le Dr Eklund, dit-il, n'est retenu nulle part.

Elle portait, il le remarqua, des pantoufles. Elle les laissa tomber sous la jonquille et lui tendit sa clé.

— Fermez en partant. Vous pourrez me la rapporter la prochaine fois.

La prochaine fois. Elle s'attendait qu'il revînt.

Elle ne lui avait encore jamais confié la clé — elle voulait qu'il l'emportât avec lui. Il l'observa qui faisait effort pour se baisser et rouler ses bas, maintenus au genou, puis elle se laissa retomber sur la couchette en désordre. Des mèches blanches de ses cheveux s'éparpillèrent sur l'oreiller. Elle agrandit la bouche pour un autre bâillement, ses yeux se mouillèrent.

— S'il n'est pas retenu, c'est qu'il est en route.

— Mme Eklund.

Son visage était dans l'oreiller. Sa voix devenait de plus en plus ténue. Elle se dissolvait.

— Songez bien à rapporter cette clé assez vite. C'est l'une des clés de secours du Dr Eklund. Ce n'est pas qu'il les perde. Il les laisse à divers endroits. A l'hôpital. A l'appartement.

Lars dit d'une voix égale :

— Vous êtes toute seule ici chaque soir. Il n'y a pas d'appartement. Il n'y a pas de Dr Eklund.

— Allez-vous-en. Prenez vos livres et partez. J'ai besoin de dormir. Je dors.

— Le Dr Eklund est un fantôme.

— Non, non, vous ne suivez pas, vous ne voyez pas, elle murmurait dans son oreiller. Elle danse de nouveau. La danseuse étoile.

La clé réchauffait dans sa main.

— Une réfugiée imposteur, dit-il, voilà ce que vous êtes.

Dans le petit vestibule, Tchèques et Polonais sur les bras, il s'affaira pour remettre ses souliers, titubant sur une jambe et prenant appui contre le verre de la vitrine. C'était exactement là où elle s'était tenue — la soi-disant fille — avec son sac de plastique blanc. Dans lequel reposaient, ou peut-être grouillaient en désordre, certains feuillets d'un manuscrit, quels qu'ils fussent. Dans la vitrine la famille royale enluminée restait assise avec bienveillance sur ses sofas. Et les mouettes mouchetaient le lac Vänern, tandis qu'alentour se dressaient ces piles imposantes de Russes et de Sud-Américains et d'Anglais, tant d'étrangères et pressantes invites au babil. La clé entra droit dans la serrure, sans difficulté, dans le large cercle de lumière qui tombait du réverbère. A cet endroit elle avait — la soi-disant fille — décidé de se déclarer. *Me voici.*

— Il est en route, entendit-il Heidi lancer depuis l'arrière-boutique. Un gémissement : ou pas exactement un gémissement. Plutôt, le son de syllabes indéchiffrables s'évaporant au fond de la mer. Allemandes ? Polonaises ? Serbo-Croates ?

Un babil étranger, inintelligible. Il mit la clé dans sa poche. Elle brûlait contre sa cuisse. Sa petite peur. Et puis il songea : écoute ! Elle ne brûle pas, elle n'est pas brûlante. Il n'y a pas de Dr Eklund. Le Dr Eklund n'existe pas. Le Dr Eklund est un fantôme. *La réalité est aussi mince que le papier et trahit par toutes ses failles son caractère d'imitation.* Voilà qu'il n'était plus sûr que Heidi eût lancé quelque parole que ce fût. Il était d'ailleurs à plusieurs mètres déjà de la boutique. Mais sa petite peur avait refroidi. Sa petite peur avait disparu.

9

Il décida, le lendemain, de renoncer à sa séance d'édredon de l'après-midi. Au lieu de quoi il prit le chemin du *Morgontörn* ; c'était la première fois depuis des mois qu'il voyait les lieux à la lumière du jour. C'était l'activité, c'était le monde, c'était le mouvement — on allait sortir le journal. Cela se poursuivit ainsi, téléphones et hurlements et machines à écrire, jusqu'à ce que les secrétaires rentrent chez elles — un garçon de bureau passant comme l'éclair avec une longue traîne d'épreuves, le staccato de quelqu'un qui tapait à la machine claquant dans l'un des box ; Nilsson gueulant : quelque chose manquait, quelque chose avait du retard. Il y avait une énergie commune — les voyelles intermittentes émises par les parquets n'avaient rien de fantomatique, et le bruit de tout cela ensemble possédait l'élan unitaire d'un organisme livré à lui-même : Dieu sait quel pouvait bien être le nom d'un tel animal habité d'une seule pensée. Rien qui donne la chair de poule. Un gros chien au long museau. Lars ne remarqua aucune souris. Nul doute qu'elles étaient consignées dans leur caserne.

— Lars ! Qu'est-ce que tu fais ici ?

Nilsson lui assena une claque patronale et partit en courant à travers l'agitation. C'était un sujet d'émerveillement, la rubrique Livres à la lumière du jour — la manière dont le soleil, lunaire, blafard, hivernal, grenu et évanescent, plus gris que pâle, découpait partout des plaques. L'étrangeté de ces poches de soleil : des fenêtres ! Une vague ampoule électrique et les habituels grattements et raclements contre la cage maintenaient l'ascenseur dans sa nuit miteuse, mais pour le reste les chaises et les bureaux et les classeurs avaient l'apparence de la vie. Dans un coin la bande des commères de trois heures était à l'œuvre, Gunnar et Anders en faisaient partie. Lars fut surpris puis, en y repensant, cessa de l'être. Rôdeurs de nuit un peu dans son propre style, ils se gargarisaient de « les choses sont comme ci les gens sont comme ça et pourquoi » — cela signifiait qu'ils devaient venir au marigot, de temps à autre, chercher de l'eau.

Il respirait à travers un voile — une espèce de stupeur ou de transe. C'était l'habitude de l'édredon ; à cette heure-là, il avait coutume de faire la sieste. Le tour de ses yeux le démangeait et le gênait : comme une paire de vieilles roues auxquelles il aurait fait franchir en cahotant trop de fossés. Il était assez éveillé, mais avec un rebord irrégulier, un bourdonnement, une insouciance. Il avait le sentiment d'être insulté sans trop savoir comment — il se moquait de ce qu'on pouvait bien dire. Il joua des coudes pour s'approcher, personne ne le salua, personne ne souleva une épaule pour le laisser passer. On racontait une histoire de traduction — Sven Strömberg avait eu une absence alors qu'il s'efforçait de respecter les délais pour la traduction d'un roman australien ; tombant sur le mot « attachement », il l'avait traduit littéralement, ficelant une héroïne que l'auteur avait voulue fidèle mais pas ligotée !

— On ne peut pas le reprocher à Sven, ça pourrait arriver à tout le monde. Il y a tant de jeux de mots, tant d'homonymes.

— C'est une substitution freudienne.

— Tu oublies que Sven ne possède pas de psychisme.

— Mais alors que cache-t-il dans sa bedaine ?

— Une espèce de fromage. Cela se sent dans son haleine.

— Ah non, ce n'est pas le fromage qui parfume l'haleine de Sven.

— En tout cas ses bourdes sont bien à lui, il ne les pique à personne.

Éclats de rire.

— Quelqu'un a vu Flodcrantz ?

— Je me suis laissé dire qu'il était allé se cacher en Finlande.

— Il tremble des pieds à la tête. Même ses oreilles tremblent. Toutes ses articulations. Je vous jure, la dernière fois que je l'ai vu on aurait dit qu'il était en gelée.

— Il n'a à s'en prendre qu'à lui-même. Il l'a cherché.

— On dit qu'il est suicidaire.

— Olof ? Il prend des vitamines !

— Bah, il voulait faire parler de lui. Cela vaut mieux qu'un enterrement de première classe chaque semaine dans la page culturelle.

— Il s'est rendu célèbre. Il est enchanté de toute cette affaire.

— Sa main tremble. Son menton.

— Il joue la comédie. C'est un comédien. Le plus grand histrion de la bande.

— Je t'en prie, ce type souffre, il est malade. C'est un anormal.

Et ainsi de suite à perte de vue. C'était le scandale du mois. Le critique d'un des journaux du soir, poète assez jeune et admiré (certains disaient dangereusement envié) qui venait de publier son second volume de vers, avait été dénoncé — et par Sven Strömberg par-dessus le marché ! — comme plagiaire. Chacun des poèmes du nouveau recueil d'Olof Flodcrantz était la traduction volée d'une œuvre de divers poètes américains. Flodcrantz avait manqué de vergogne au point d'inclure, parmi des inconnus plus sûrs, quelques strophes de Robert Frost que Sven

Strömberg avait lui-même traduites une dizaine d'années auparavant pour une anthologie mise au pilon six semaines après la publication : *Bardes du Nouveau Monde.* L'aspect le plus captivant de l'affaire était le coup de malchance qui avait marqué son point culminant — la manière dont Sven Strömberg avait découvert le crime contre toute attente, dans la mesure où il était célèbre pour ne lire jamais ce qu'on le payait pour lire. D'un autre côté, il était tout aussi célèbre pour laper avec délices les sirops de la plus impudente flatterie, de telle sorte que lorsque Olof Flodcrantz avait envoyé — oui, envoyé ! — un exemplaire du criminel volume éloquemment dédicacé à Sven Strömberg, et lorsque ce dernier avait lu la dédicace qui le proclamait premier homme de lettres du pays, il avait été assez naturel que cet homme (courtois) retournât le compliment en se faisant le chantre des dernières élucubrations d'Olof Flodcrantz « D'une très pure originalité », écrivit-il à Olof ; « D'une très pure originalité », dit-il à tous ceux qu'il rencontrait. La sanction par Sven de la pure originalité d'Olof avait déjà fait le tour de la marmite quand, feuilletant l'ouvrage pour contempler encore une fois la présente dédicace d'Olof, Sven Strömberg était tombé par hasard sur le texte familier de Robert Frost. Dans sa propre traduction. Piratée ; usurpée.

C'était pour le moment le choc le plus délectable de la saison. Les commères de trois heures

— on approchait désormais de cinq — tournaient et retournaient l'affaire, cherchant des mobiles, des conséquences. Qui avait dupé qui ? Ce fou d'Olof ! — aller mettre sa tête dans la gueule du lion, mais seulement après avoir pris soin d'éveiller le lion. Oui, le pauvre lion n'était guère en position de mordre. Était-ce un cas de rage, de malveillance, de vengeance ou de désespoir ? Ou — « *a contrario* », disait Gunnar — une blague, un cabotinage, une comédie dadaïste ? Un coup monté des postmodernes. Sven était derrière le tout : c'était lui qui avait déniché pour Olof tous ces Américains astucieusement prénommés Robert. Creeley et Mezey et Bly ! Lowell, Penne Warren, Graves. Anders ne voulait rien entendre de cette théorie qui regardait sous les lits pour trouver un coupable. C'était un accident solennel du patriotisme réformiste, quelle qu'en fût l'intention. Exactement ce dont nous avons besoin, qui nous montre tels que nous sommes, qui nous frotte le nez dans la poussière de la maison de poupée. Aboutissement ironique de la farce du provincialisme suédois. Dénonciation aux yeux du monde, et une fois pour toutes, de la petitesse de la vie des lettres dans cette vieille Stockholm décrépite.

— Crocodiles ! Songez à gagner votre écot, vociféra Nilsson qui passait en courant.

Les secrétaires rentraient chez elles. Le soleil

lunaire s'était estompé aux fenêtres. La marmite bouillait de son plus gros bouillon.

— Figurez-vous qu'il y a autre chose, dit Lars.

Personne ne l'entendit. Ils étaient passés à l'examen du sort qui attendait Olof Flodcrantz à son journal, serait-il renvoyé ou au contraire maintenu en place comme un héros culturel ? Il était, quoi que l'on pût penser de lui, audacieux — il fallait lui reconnaître du brio : tous ces Robert ! Pour ne rien dire de l'effacement des frontières, des limites de la propriété. L'internationalisme opposé à la mare aux canards. Le socialisme au niveau idéal — ce qui compte c'est le texte, peu importe celui qui l'a rédigé. Shakespeare sous n'importe quel autre nom. Un moraliste étroit aurait parlé de vol, mais qu'était-ce sinon le halo même de l'universalisme auquel s'efforçait la planète entière. La joliesse sans exclusive passant de main en main parmi les nations. Le dindon de cette farce était Sven Strömberg — il dénonçait l'imposteur au prix même de sa propre dignité. Quelle absurdité de sauter ainsi de la « pure originalité » à « au voleur ! » — à qui appartient le bœuf qui sera saigné : voilà toute la question.

En dépit de quoi, nul d'entre eux n'aurait vu le moindre inconvénient à ce qu'Olof Flodcrantz fût mis à la porte.

Ainsi allait la marmite dans la première obscurité hivernale. La fumée de cigarette était suspendue sur le tout comme des filets déchirés. A travers le monde on tournait et retournait la grande louche. Les poètes, les rêveurs, les penseurs, les tâcherons. Les ambitieux et les méditatifs. Les opportunistes et les provocateurs. Les cabalistes et les séducteurs. Cette marmite — ces vagues brûlantes — que Lars sous son édredon à quelques pas de là avait rejetée, de semaine en semaine : pour tenter plutôt d'apercevoir l'œil de son père. Son père aussi avait méprisé la marmite. Drohobycz plutôt que Varsovie, Drohobycz plutôt que Paris, Drohobycz plutôt que n'importe où.

— Songez au bouclage, messieurs ! vociféra Nilsson qui filait comme un dard ; il avait revêtu son manteau et son cachez-nez. Le petit groupe étroit se relâcha et de son mitan sortit sereinement, ou fut doucement éjectée, la seule femme des services littéraires du *Morgontörn*, avec sa chemise d'homme et sa cravate ; elle salua Lars de deux doigts levés, dont l'un s'enflait d'un durillon d'écrivain noirci d'encre. La rumeur en faisait la maîtresse de Sven Strömberg depuis vingt ans ; elle n'avait pas proféré une syllabe pour sa défense — sa voix possédait toutefois le caractère métallique et électronique de celle d'un interprète officiel — mais sa petite bouche rusée était riche d'une certaine douceur d'apparence humide. Il y avait une douceur en chacun d'eux, les membres de la bande de trois heures — le faible miel de la révérence. C'étaient des créatures littéraires qui servaient les Muses, les esquivaient parfois et parfois les vendaient à l'encan. Leurs prétendus scandales, leurs brouilles, leurs ruptures, leur existence polymorphe à l'intérieur de la marmite : comme ils étaient innocents, comme ils étaient loin des palais du tonnerre vivant, comme ils étaient faibles devant l'autel de l'œil immobile du père de Lars. Voilà qu'ils enfilaient leurs vestes molletonnées, coiffaient leurs chapeaux de fourrure, chaussaient leurs bottes fourrées ; Lars eut l'impression qu'ils l'ignoraient délibérément à moins qu'ils ne l'eussent oublié — voilà Gunnar qui passait en trombe, et puis Anders, se hâtant vers des épouses, des beaux-pères, des tantes, des maisonnées âgées et grincheuses. La marmite se défaisait. Le *Morgontörn* allait reprendre sa mine rachitique de la nuit.

— Attendez, lança de nouveau Lars, il y a autre chose.

Leur flot s'écoulait devant lui, une partie se dirigeait vers le goulet d'étranglement devant l'ascenseur, la plupart descendait les marches grognonnes de l'escalier de bois. Le pauvre vieux *Morgontörn* tombait à la renverse — dans le siècle dernier, dans la nuit, dans le déclin. Déjà les souris se préparaient à surgir ; on entendait leurs phalanges à la parade derrière les murs.

Lars courut au sommet de la cage d'escalier et lança :

— Il y a autre chose ! Des nouvelles !

La maîtresse de Sven Strömberg, jetant sa capote de matelot par-dessus sa chemise et sa cravate, s'immobilisa sur le palier. Lars poursuivit :

— *Le Messie* est retrouvé ! Ici ! A Stockholm !

Claquements sur les marches ; chuchotements, rumeurs.

— C'est Lars Andemening, expliquait la maîtresse de Sven Strömberg au palier du dessous. Je crois qu'il annonce le retour du messie.

— Ne me dites pas qu'Olof Flodcrantz est rentré de Finlande, trompetta quelqu'un. Déjà ?

Rires du haut en bas de l'escalier.

— C'est sa fille qui détient le manuscrit. Il est retrouvé, lança Lars.

— Quel manuscrit ?

Lars se pencha par-dessus la rampe. Dans le crépuscule de toutes ces volées de marches, un millier de visages scintillants étaient levés vers lui.

— *Le Messie*, lança-t-il. *Le Messie* perdu de Bruno Schulz.

— Rumeurs de Stockholm. Centre mondial des potins.

— Ce Polonais ? Il n'a jamais eu de fille.

— Si c'est quelque chose dont on n'a jamais entendu parler, c'est l'affaire de Lars.

— Ou si c'est mort.

— Non, non, tout le monde est mort. Tolstoï.

Ibsen. Même Strindberg. Ça ne touche Lars que si c'est to-ta-le-ment obscur.

— Si ça n'a jamais existé.

— Si tu souhaites que ça n'ait jamais existé.

— Lars ! — c'était Anders, à mi-chemin du bas de l'escalier — tu vends enfin la mèche. Toutes ces résurrections que tu pratiques. Tous ces inconnus et ces ésotériques que tu fais lever du tombeau...

La maîtresse de Sven Strömberg dit joliment :

— Lars Andemening, le messie de Stockholm !

— Crocodiles, vociféra Nilsson d'en bas, toujours à la recherche du sensationnel.

Au pied de l'escalier, Lars rencontra Nilsson qui l'attendait.

— La standardiste m'a donné ça une seconde avant la fermeture. Je l'ai rencontrée qui sortait des toilettes. Pourquoi tu ne fais pas installer le téléphone chez toi, Lars ? Le personnel n'est pas à ton service. Ils ne sont pas tes domestiques.

Lars lut : MME EKLUND A TÉLÉPHONÉ. LE DR EKLUND EST RENTRÉ. VEUILLEZ RENDRE LA CLÉ.

Il insista :

— Mais tu sais ce que ça signifie — si *Le Messie* est retrouvé.

— Un livre de plus dans le monde, dit Nilsson. Et qui n'est pas une nouvelle aventure de Tintin. Les gens se plaignent, Lars — tes critiques sont quasi de la théologie. Un peu plus de santé pour les lundis, qu'en penses-tu ? Mets un peu la pédale douce sur le surréel, vas-y mou sur l'angoisse existentielle, tu ne crois pas ? Essaye un peu.

Lars était entré dans la marmite et la soupe l'avait recraché.

10

Au matin la neige était brunâtre sur les chaussées et marquée de pneus. Il y en avait des tas en remblais qui vous arrivaient jusqu'à la ceinture au rebord des trottoirs. La marche était aisée et légère. Lars arriva à la boutique de Heidi si vite qu'il n'eut pas le temps de remarquer sa propre humeur. Il s'en avisa seulement quand il jeta les yeux tout autour de la boutique, à la recherche de Heidi, et trouva seulement le jeune Turc qui portait le plumeau à son épaule, comme une sentinelle un fusil. Mme Eklund était sortie.

— Alors prenez ceci pour elle, dit Lars au jeune Turc en lui tendant la clé.

Le jeune Turc objecta qu'il n'était pas censé posséder de clé du tout et que s'il lui était permis de surveiller le magasin, c'était simplement parce qu'il n'y avait pas de vrais clients (manifestement Lars n'était pas l'un de ceux-là), du moins à cette heure-là.

Lars se retrouva dans la rue. Qu'était-ce que

cette exultation ? Il était près de dix heures. Il tenta d'imaginer où Heidi pouvait être. Elle n'était pas à son appartement ; elle n'en avait pas. Elle n'était pas avec le Dr Eklund ; c'était un fantôme. Qu'était-ce que cette exultation ? Le délire de ce qu'il avait fait ! Il avait proclamé le retour du dernier livre perdu de son père. L'incrédulité de la marmite, son indifférence, qu'était-ce ? Tout juste s'il y croyait lui-même. Et la fille ! il n'y avait pas de fille, et pourtant il en avait proclamé l'existence pour pouvoir proclamer la montée du *Messie.*

Il n'avait nulle part où aller et prit donc la direction de son appartement. Il se demanda s'il devait s'inquiéter du « Essaye un peu » de Nilsson — était-ce un avertissement ? Nilsson, qui l'avait engagé et qui était en un sens son protecteur —, Nilsson le mettrait-il à la porte ? Pour les péchés de mauvaise santé, théologie, surréalisme, angoisse existentielle ? Ou pour le péché plus vaste d'impopularité ? Il pouvait travailler à rendre son style plus vivant — Gunnar, par exemple, saupoudrait ses colonnes de *flash-back, big deal, rewriting, suspense, big bang,* voire *happy few.* Anders appelait toutes ces expressions « velveetisme » ; un esprit vraiment cosmopolite, disait-il, ne s'abaisserait pas à de telles vulgarités. Mais Lars se rappelait un passage d'un des récits de son père concernant *un grand théâtre d'illusions, une magnifique exposition de mannequins de cire,* qui était un jour venu à Drohobycz : *non, ce n'était pas d'authentiques Dreyfus, Edison ou Luccheni ; c'étaient seulement des faux-semblants. Ç'aurait pu être des fous réels, pris la main dans le sac au moment précis où une brillante* idée fixe *avait pénétré leur crâne... depuis lors, cette idée unique restait dans leur tête comme un point d'exclamation et ils s'y accrochaient, debout sur un pied, suspendus au milieu des airs.* Gunnar Hemlig et Anders Fiskyngel, hommes de cire. Le *Morgontörn,* musée de cire. Même les souris étaient artificielles, animées par des moteurs cachés dans les murs.

Quelle tendresse il éprouvait — cette exultation qui le tenait ! — pour leur visage de cire, leurs yeux de cire avec (c'était étrange) des larmes en cire, de douleur, de reproche ou de privation : Gunnar et Anders et la maîtresse de Sven Strömberg avec sa cravate de cire reliés à des fils par des boutons sur le coccyx, ou encore commandés invisiblement à distance par des ordinateurs sans fil. Leur terrible impuissance. Une idée restait comme un point d'exclamation dans la cire rose au goût sucré de leur tête : la marmite, la marmite ! Tandis qu'ici, ici — Lars avait atteint la porte de son appartement et tripotait sa clé —, dans le lit de son réveil en sursaut, sous son édredon jeté en désordre, l'œil de son père, illuminé, constant, immobile, fort et ostentatoire, rayon d'un blanc violent, donnait naissance à l'étendue désolée des steppes de Dieu. Bestiaire vivant d'une étrange abondance, déchargeant la lumière blanche de la plénitude, et ils s'en détournaient, ils la méprisaient, s'ils ne la moquaient pas ils en étaient éloignés, le bec ne les avait jamais saisis, nulle apparition, nulle sphère, nul œuf, nul globe, nul œil ultime et contraignant. Il cherchait à enfoncer de force la clé dans la porte, sa propre porte — elle n'y entrait pas. Puis il comprit que c'était la mauvaise clé — c'était la clé de la boutique de Heidi, et il fureta donc dans sa poche pour y trouver la sienne.

Il vivait au rez-de-chaussée, sa porte donnait sur un vestibule minuscule à l'angle de deux murs. Il y avait là un vieux fauteuil de cuir malade, avec un pied fendu, qu'un médecin avait autrefois installé en ce lieu, il y avait bien longtemps, pour pouvoir recevoir de certains gros colis. Nul ne savait ce qu'il y avait dedans, sauf que cela signifiait que le docteur était riche — la maison avait vu des jours meilleurs, des livraisons magiques : énormes gâteaux glacés de sucre, chapeaux de dames emplumés et enrubannés, oiseaux en cage. Ce siège fabuleux émit son grincement caractéristique et, passant le coin, en provenance du petit vestibule, s'avança une femme qui portait un béret blanc.

— Mme Eklund m'a dit où vous habitiez. A supposer, dit-elle, que vous soyez bien celui que je cherche.

Elle portait le sac de plastique blanc.

— Lars Andemening ? Vous faites du polonais ? Vous n'avez pas l'air suédois.

La dernière personne à lui dire cela — qu'il n'avait pas l'air suédois — avait été sa mère adoptive ; il avait seize ans. Cela lui avait fait faire une fugue : il n'avait pas encore appris de qui il était le fils.

— Je suis réfugié.

Elle ne montra nulle surprise.

— Très bien, commençons.

Elle passa droit devant lui pour entrer dans son minuscule appartement, découvrant son lit, découvrant son édredon chiffonné en grand désordre. Il y avait plus d'un an qu'un autre être humain avait mis les pieds en ces lieux. Il était humilié. Ou alors il ne savait pas ce qu'il était. Il était honteux et frénétique. Il se précipita pour ôter d'un grand geste les vêtements qui encombraient un siège. Il débarrassa la table d'un bras rapide comme l'éclair. Il était livré à ce regard, il avait peur, il exultait.

— Mme Eklund vous a dit de venir ici ?

— Parce que vous n'avez pas le téléphone.

— Vous avez refusé de laisser votre propre numéro. Refusé de dire où vous habitiez.

— Il faut que je sois prudente, n'est-ce pas ?

— Pourquoi ? demanda-t-il.

— Pour ce dont j'ai la charge, dit-elle en secouant son sac. Je suis d'une nature impulsive

— il faut que je me surveille. J'ai passé une ou deux semaines à vous surveiller, vous. A me faire un point de vue.

Il était préoccupé par son accent. Parlait-elle comme la princesse ? Mais la princesse elle-même n'affichait pas une telle confiance.

— Mme Eklund m'a dit où regarder. Le lundi dans le *Morgontörn*. Je vous ai mis à l'épreuve. Vous savez indiscutablement des choses. Si vous pouvez le faire, je vous prends.

— Faire quoi ?

Voilà qu'elle était assise au bord de son lit.

— Il me faut un traducteur.

— Je ne suis pas traducteur, dit Lars. Je n'ai jamais rien fait de ce genre.

— Vous autres intellectuels suédois savez tout faire. Mme Eklund dit que Stockholm est plein de virtuoses des lettres. Professeurs d'histoire qui rédigent des critiques, critiques qui font des traductions, toute sorte de linguistes...

— Je ne suis rien de tout cela.

— Mme Eklund dit que vous l'êtes.

— Elle n'est pas qualifiée. Elle n'est personne. Elle tient une librairie, qu'est-ce que c'est que ça ? Elle veut se moquer de moi, c'est tout.

— Pourquoi ?

Il fit danser la clé de Heidi.

— Par vengeance. J'ai découvert ses secrets. Je sais tout d'elle. Elle n'est pas ce qu'elle paraît.

De nouveau la femme secoua son sac. Sorcière munie d'une crécelle.

— Vengeance et illusion ! Vous êtes exactement celui qu'il me faut. Mme Eklund dit que vous êtes fou des auteurs polonais.

— Vous ne devriez pas lui faire confiance.

— Tous les gens importants fréquentent à sa boutique. L'une de ses clientes est d'ailleurs une princesse. Elle a tous les professeurs — l'intelligentsia. L'Académie lui passe commande, le saviez-vous ?

— N'allez pas si vite, dit-il. Vous venez de la rencontrer.

— C'est vrai, accorda-t-elle. J'ai fait vite, vite ! Je crois qu'elle est voyante. Elle voit à travers les murs. Elle a vu clair en moi, en tout cas, il ne lui a pas fallu une minute — elle a compris avant même que j'aie expliqué. Elle a tout compris. La plupart des gens ne comprennent pas. La plupart des gens n'en ont pas entendu parler. Pas même les littéraires.

Elle ôta son béret. Elle comptait s'installer pour une visite. C'était vrai, c'était exactement tel que Heidi l'avait décrit ; elle grisonnait, comme lui-même. Triste traînée de suie comme dans la vieille neige boueuse. Elle paraissait le même âge que lui, ou à peu près, mais quand elle leva le menton et qu'il aperçut le méplat de sa joue creuse, une enfant passa l'espace d'un éclair. Elle avait cela en commun avec lui : ce regard soudain simplifié, comme si quelque bobine d'un film très ancien affleurait par intermittence à la surface. Il se mit lui-même en garde et se recommanda d'être vigilant. Entre ses yeux — bruns tirant sur le noir comme les siens — il y avait deux sillons verticaux bien établis. Vigilance ! Elle n'était pas sa sœur ; il n'avait pas de sœur.

— La plupart des gens ne connaissent rien de toute l'histoire, dit-elle.

Le souffle de Lars était prisonnier de sa gorge.

— Il ne s'agit pas vraiment du *Messie.*

— Alors Mme Eklund vous l'a dit, c'est ça ! Elle vous a dit ce que j'avais.

— Personne ne vous croira jamais.

— Vous me croirez.

— Est-il dans ce sac ? Pas dans ce sac !

C'était une bêtise : ce qu'il était bête ; mais cette jubilation inconnue ne cessait de s'accélérer.

— Oui oui, là-dedans — et elle le secoua. Le bruit de cinquante ailes.

— Sa place est dans une bibliothèque. Sa place est dans un coffre. Sa place est dans un endroit sûr.

— Il est en sûreté avec moi. Il est à moi. J'en suis responsable.

— Vous ne craignez pas le vol ? Vous en avez fait des copies ?

— Des copies ? — Mépris : une voix de mépris. — Si je vous apportais une copie, y croiriez-vous ?

— Comment puis-je croire à quoi que ce soit ? dit Lars. Vous n'avez aucune référence, vous surgissez de nulle part...

— Oh, des références.

Et de nouveau son accent le plongea dans la perplexité, avec ses étranges sifflantes.

— Je vais vous donner mon nom.

— Adela.

— Adela, cela suffit-il ? C'est seulement ce que vous a dit Mme Eklund. Vous n'avez pas besoin du reste ? Vous ne voulez pas savoir où je suis née, et tout sur mes parents, l'éducation que j'ai reçue, tout cela ? J'ai reçu une éducation, contrairement à ce que certains pensent.

— Je veux voir ce qu'il y a dans ce sac, dit Lars.

— Ça vous fera mal au cœur, rien que son allure. L'état dans lequel il est. Certaines de ses pages, il m'a fallu les tirer d'une paire de chaussures.

— Des chaussures !

— Elles y étaient enfoncées, jusqu'au fond. Vers les orteils, après la pluie. Pour garder la forme. Êtes-vous jamais allé à Drohobycz ?

— Non, dit Lars.

— A Varsovie ?

— Non.

— Je suis née au Brésil, vous en rendez-vous compte ? Personne ne vous a dit ça. A São Paulo. Ma mère s'y est enfuie au milieu de la guerre. Vous qui vous dites un réfugié ! Elle avait quinze ans seulement et était enceinte, ce n'était pas facile d'obtenir le passage — elle y est parvenue sans visa, elle est du genre débrouillard. Elle se fait des amis, voilà comment elle s'y prend. Et puis elle en a pris l'habitude — de vivre un peu partout. Les gens disent que nous sommes des bédouines.

— Une paire de souliers ? Des chaussures ? dit Lars.

— Elles appartenaient à une vieille à Varsovie. Nous avons vécu à São Paulo, Amsterdam, Budapest, Bruxelles. Puis à Varsovie. C'est à Varsovie que nous sommes restées le plus longtemps. Ma mère a grandi en Pologne, c'est le polonais qu'elle parle le mieux. Comme moi, à l'exception du portugais. Voilà six mois nous sommes allées à Grenoble, tous, ne me demandez pas pourquoi. Ma mère est comme ça, c'est tout...

— Tous ? Êtes-vous une tribu, votre mère et vous ?

Elle se colora un peu.

— De fait elle a épousé quelqu'un là-bas — un drôle de Français, il ne me plaît pas — alors je suis venue ici. Mon suédois est vraiment bon, n'est-ce pas ? Je suis douée pour les langues — des tas de gens me le disent. Vous ne trouvez pas que je parle bien suédois ? Enfin, pas assez bien. Pas assez pour la vengeance et l'illusion ! Juste ciel, votre lit est un acte de Dieu, une avalanche.

— S'il vous plaît, la table, sur la table, pas là...

Mais elle avait déjà tourné le sac de plastique blanc cul par-dessus tête. Une cascade de feuilles de papier se répandit sur les bosses et les creux de son édredon.

L'écriture de son père. L'écriture — les lettres — que produisait la vraie main de son père. Des mots biffés partout. Il prenait chacun d'eux en pitié : rejetés, annulés, exilés. Une bête — une espèce de grand singe — se mit à bondir à l'intérieur de sa carcasse, de côte en côte : se pouvait-il que ce fût seulement cette pompe — son cœur ? Un singe du dedans qui se hissait çà et là. Cognant de ses poings, martelant. L'exultation ! Et la pitié, la pitié. Ces vieux feuillets, le pauvre vieux papier écolier de son père, avaient subi l'eau, il le voyait. Peaux mortes, ridées, frottées, froissées, noyées.

— Elles ont été mouillées, dit-il.

— La cave a été inondée autrefois. Celle de la femme aux souliers — ce n'était qu'une paysanne, son mari livrait le lait...

— A Varsovie ?

Le singe, aveugle et paroxystique.

A Drohobycz. Un homme vêtu d'un long manteau noir paya le mari pour qu'il creuse un trou dans sa cave, au milieu de la nuit.

— Vous connaissez le genre de boîte de métal plate dans lesquelles on vendait autrefois les fixe-chaussettes ? Il y a longtemps ? Les feuillets étaient dans une de ces boîtes. Une boîte de mercier, le mari l'a enterrée dans sa cave. L'homme au manteau dit qu'il reviendrait la chercher quand la guerre serait finie, qu'il leur donnerait encore de l'argent, mais il ne revint jamais.

Le Messie : ces pages éparpillées et meurtries. Feuillage et fouillis, annulé. Englouti. Et ressuscité, maintenant, sur son propre lit ! Le lit de la renaissance — où, une centaine de fois auparavant, le bec luisant l'avait saisi et jeté sous l'œil terrible de son père.

— Assez, dit Lars. Là n'est pas la question.

— Vous ne voulez pas entendre mes références ? Vous avez dit références. C'est ainsi que je me suis procurée le manuscrit.

— Je ne me soucie pas du comment. C'est le pourquoi. Pourquoi l'auriez-vous ? Qui êtes-vous pour l'avoir ?

— Il me l'a donné. Le mari.

— Il vous l'a donné à Drohobycz ?

Elle ouvrit les bras aussi étendus que la géographie.

— Pas le mari de Drohobycz. Le mari de Varsovie.

La lumière du nord, tranchant son étroite fenêtre — il avait une fenêtre, une meurtrière d'archer — projetait un brillant cimeterre en travers de son lit : la lumière était trop froide, trop coupante, une netteté hivernale courait comme un saupoudrage de glace par-dessus les cimes et les vallées de son édredon. Les bras de la femme, écartés, jetaient un nuage artificiel par-dessus les mots de son père. Les mots de son père, sous l'ombre de la femme.

— Vous ne me laissez pas raconter, contesta-t-elle.

Et elle raconta : elle continua de raconter — Lars ne s'avisa ni de la croire ni de refuser de la croire. Il avait *Le Messie*, là, sous les yeux. Il était là. Il y songea. Le récit se poursuivait ainsi : il le croyait, il ne le croyait pas. Comment la femme de l'homme était morte d'une attaque, après la guerre, quand il ne restait plus de juifs à Drohobycz. Déportés, anéantis, tous les juifs, tous les hassidims dans leur long manteau noir, gazés, détruits. Ainsi l'homme au long manteau noir ne revint jamais chercher la boîte. Aussi la boîte était-elle sortie de la tête de cette femme — ce n'était qu'une paysanne. Qu'est-ce que cela représentait pour elle. Sa tête était occupée par la vente de sa petite maison, à peine une cabane, avec une cave humide et facile à creuser ; puis elle gagna Varsovie pour trouver un emploi. A Varsovie elle devint domestique, que pouvait-elle faire d'autre ? La boîte avait été laissée à Drohobycz, sous la terre — elle n'y pensait jamais, pourquoi l'eût-elle fait ? L'homme au long manteau noir n'était jamais revenu. C'étaient les nouveaux, les gens qui avaient acheté la maison — c'est-à-dire que la cave avait un sol de terre battue, ils entreprirent d'y couler une dalle de ciment, et la pioche recracha la boîte qui contenait les papiers. Ils s'imaginèrent que c'était un testament quand ils l'ouvrirent, le testament d'un juif, et ils entreprirent de retrouver la femme de Varsovie, dans l'idée qu'elle les récompenserait pour la restitution des papiers ; les papiers signifiaient peut-être quelque chose, ils signifiaient peut-être un legs. Les juifs, quand ils étaient partis, avaient laissé leurs objets de valeur, tout le monde savait cela — parfois même leurs pots, pots munis de double fond, dans lesquels ils cachaient leur or. Mais à cette date-là, à Varsovie, la femme s'était remariée, elle avait un nouveau mari et avait déménagé, pour un appartement tout neuf à l'autre bout de la ville, dans le quartier reconstruit là où le ghetto s'était dressé. Là où le ghetto était tombé. Netteté des immeubles neufs en ces lieux, nul n'aurait rien pu dire d'après leur aspect ; le ghetto était enterré et disparu, c'était un agréable quartier neuf.

— La femme vous a dit tout ça ?

— Le mari. Quand j'y suis arrivée, c'était beaucoup plus tard. La femme était morte. C'est pour cela que j'y suis allée, parce qu'elle était morte dans la cuisine de Tosiek Glowko. La cuisine de sa femme. Tosiek Glowko était l'ami de cœur de ma mère tout le temps que nous vécûmes à Varsovie. Tous les amis de cœur de ma mère sont plus jeunes qu'elle — elle n'y peut rien, elle est ainsi, elle a toujours été ainsi, sauf lorsqu'elle était jeune elle-même. La femme est morte d'une attaque exactement comme le mari de Drohobycz. Elle était occupée à lessiver un mur.

Lars se taisait : c'était comme si le singe étranger avait recouvré son calme, et se balançait tranquillement dans sa poitrine, désormais. Il était soulagé. Il s'était laissé couler devant ce flot de paroles. En croyait-il un seul mot ? Cela lui faisait penser à la clôture de Heidi, Heidi les bras écartés de cette même manière, revenant sans cesse à la charge.

— Cette boîte — ses bras passèrent au-dessus de l'édredon, au-dessus des papiers froissés — eh bien, elle a disparu. Perdue. Je l'ai cherchée partout. Dans tous les placards et cagibis de cet appartement. Le mari m'a laissée faire, il s'en fichait. Il avait hâte d'être débarrassé de tout cela. C'est ainsi que j'ai trouvé les pages qui étaient dans les chaussures — en cherchant la boîte.

Et le récit se poursuivit alors avec la cadence des événements, le fol enchaînement : comment la boîte fut transportée à Varsovie par les gens qui avaient acheté la maison de la femme, comment lorsqu'ils lui montrèrent la boîte elle fut scandalisée — c'était de l'argent qu'ils voulaient. Pourquoi vous paierais-je ? En échange de quoi ? Cela ne peut valoir deux zlotys. Elle leur dit que ce n'était pas un testament, ce n'était rien du tout, nul ne pouvait démêler ce que c'était. Le mari regarda dans la boîte et remua les papiers et renifla l'humidité et dit : « Non, ce n'est pas un testament, ce n'est pas un legs, rien de tout ça. C'est des prières juives, ce que le Zydki priait, ses sortilèges et ses malédictions. » Ainsi advint-il que les gens qui avaient racheté la maison furent contents de refaire en sens inverse tout le chemin de retour à Drohobycz sans avoir été payés pour la boîte, du moins étaient-ils à l'abri des sortilèges, et la femme dit à son mari : « Comment sais-tu que c'est les prières du Zydki ? — Sainte Mère de Dieu, dit-il, j'ai tenté de le lire, c'est tout emmêlé, c'est leur manière de prier. Et aussi les caractères en haut, *Le Messie,* c'est comme ça que les juifs blasphèment Notre Seigneur. Débarrasse-t'en », dit le mari. « Mais c'est du beau papier, dit-elle, épais et fort, je trouverai à m'en servir », et ainsi après être un jour sortie marcher sous la pluie, elle fourra quelques-uns des feuillets dans ses chaussures. Pour garder la forme. Et elle dit à sa maîtresse, la dame pour laquelle elle travaillait, dont le mari était Tosiek Glowko, l'ami de cœur de ma mère, responsable du Parti, haut placé dans le Parti, elle dit à cette dame que là-bas, dans sa vieille maison de Drohobycz, il y avait une boîte de prières, ce que prient les juifs, enterrée dans la cave, et que les gens qui avaient acheté la maison voulaient lui soutirer de l'argent rien que pour l'avoir rendue ; mais elle n'était pas folle, ce n'était pas sa boîte à elle d'abord et d'une, ce n'étaient que des gribouillages là-dedans — les vraies prières, même ce que prient les juifs, sont dans des livres de prières. La dame dit : « Alors peut-être que ce ne sont pas vraiment des prières », et la femme dit : « Mon mari pense pareil, il dit que ce que les juifs prient c'est des sortilèges et des malédictions, et puis que c'est griffonné partout dessus du nom de Notre Seigneur, pour s'en moquer. » La dame rapporta tout cela à son mari, Tosiek Glowko, l'ami de cœur de ma mère — elle riait de ces papiers mystérieux que sa bonne gardait dans une drôle de boîte exhumée de la cave. Voilà comment on se conduit dans ces bourgades rurales, dans l'arrière-pays, des péquenots, qui ne comprennent rien au monde ; la bonne femme avait cette boîte depuis des années dans la cave de sa cahute de Drohobycz, depuis le milieu de la guerre ; c'est quelque chose que les juifs avaient laissé. Tosiek Glowko dit : « Drohobycz ? » Parce qu'il savait que c'était là que ma mère avait grandi, ma mère a grandi à Drohobycz, c'est là qu'elle est allée à l'école. Mais pour ma mère ce n'était pas une bourgade de péquenots, à ses yeux c'était une petite Vienne. Et puis la femme lessiva le mur de la cuisine, et Tosiek Glowko dit à ma mère : « Oh ma pauvre femme, sa bonne est tombée raide morte à ses pieds, elle a eu une attaque dans la cuisine de ma pauvre femme, il a fallu appeler la police — et savez-vous que cette vieille femme est de votre propre ville, elle est de Drohobycz ? »

— Vous voyez, termina-t-elle, c'est ainsi que ça s'est passé.

Elle tendit les mains par-dessus l'édredon pour rassembler les mots éparpillés et confondus de son père. Il la regarda empiler les feuillets et les tasser, les tapoter, jusqu'à ce qu'elle eût construit un paquet rectangulaire bien net. Lars fut frappé par ce qu'il y avait d'idiot dans ce soudain rangement : il faillit rire. C'était comme si l'ordre des pages n'avait pas la moindre importance pour elle. Elle était la mère du chaos. Elle le dévisagea.

— Et maintenant voyez-vous comment cela s'est passé ? Ma mère a entendu parler du manuscrit…

— Par son amant. L'homme haut placé dans le Parti.

— … Et j'ai pris l'autobus et traversé tout Varsovie pour aller trouver le vieux et emporter tous les papiers qu'il y avait.

— Il vous a laissé faire ? Le mari de cette femme ? Le veuf, corrigea-t-il.

— Eh bien, il était là, courant partout pour rassembler tout ce sur quoi il pouvait mettre la main, partout où sa femme les avait fourrés. Dans le four, vous vous rendez compte ? Trois feuillets dans le four. Et six dans ses chaussures. Il m'a fait regarder partout. Il n'y avait plus de boîte. La boîte avait disparu.

— Mais pourquoi vous ? pressa Lars. Pourquoi vous les aurait-il remis à vous ?

— Il les aurait remis à n'importe qui. Il les aurait brûlés avec les ordures. Je suis arrivée à temps pour les sauver de la poubelle. Il avait peur.

Elle émit un pâle petit sourire, dangereusement tendu.

— Il croyait qu'elle était morte de la malédiction, vous ne comprenez pas ? Parce que la malédiction avait été exhumée. Parce qu'il lui avait dit de se débarrasser des papiers et qu'elle n'avait pas obéi.

Il s'avisa alors qu'il n'en croyait pas un mot. Quelle invention ! Les meilleures inventions sont celles qui s'appuient sur les plus riches détails. Une faussaire. Ou encore une héritière rusée, une fileuse de vieilles fables : vaisseaux enterrés, sortilèges, incantations, morts subites et magiques. Ou encore une simple démente. Adela ! Ce nom de terreur tiré tout droit des mises en scène spectrales de son père. *Je n'aurais pu dire si ces images avaient été implantées dans mon esprit par les récits d'Adela ou si j'en avais été témoin moi-même... Peut-être dans notre fausseté entrait-il une approbation secrète de la victorieuse Adela à qui nous attribuions vaguement quelque mandat ou mission de la part de forces d'un ordre supérieur... Adela, tiède encore de sommeil et les cheveux défaits, moulait le café dans un moulin qu'elle pressait contre son giron blanc, communiquant sa chaleur aux grains brisés.*

Une démente. Ressasseuse de grains brisés. Il accusa :

— Vous avez mêlé toutes les pages.

— Cela ne change rien. On peut les brouiller autant qu'on veut. Cela produit en tout cas le même effet. Vous verrez par vous-même quand vous commencerez.

— Quand je commencerai quoi ? Je ne commencerai rien du tout.

Il demanda :

— Pourquoi vous faites-vous appeler Adela ?

— C'est mon nom.

— Cela vient des *Boutiques de cannelle.* De *Sanatorium.* Est-ce pour cela que vous l'avez pris ?

— Je ne l'ai pas pris. Les gens ne se donnent pas leur propre prénom, que je sache. C'est mon père qui l'a choisi. Il dit à ma mère de m'appeler Adela. C'était avant ma naissance, quand ils surent qu'elle était enceinte. Puis il a été tué dans l'action sauvage, vous avez entendu parler de l'action sauvage ? Ma mère s'est enfuie au Brésil, elle a réussi à s'enfuir, dès cette époque. Elle en a été capable, pour ça c'est une débrouillarde. Dès cette époque.

Une décharge électrique : le singe fut projeté.

— Votre père...

Lars se leva dans son petit espace, entre la table et le lit. La lumière brillait encore, un grand éclat improbable : sur ce fond la tête de la femme semblait d'un noir d'encre. Il ne pouvait voir ses yeux avec l'éclat du matin dans les siens.

— Ce n'est qu'une histoire, dit-il.

Il ne dit pas : « Votre mère est un nuage, votre père un brouillard. »

— Ne vous avisez pas de répandre cette chose-là — vous ne vous feriez que du tort. Ce n'est pas possible. C'est pure invention. Mensonge.

— Mme Eklund avait bien dit que vous feriez toute une histoire.

Mais elle hésita — il vit ce qui la mettait en difficulté. Il y avait un mot qu'elle refusait. Elle résistait.

— Elle a dit que vous agiriez comme si, comme si...

Elle ôta le béret blanc et vint se planter visage tout près du sien.

— Comme si vous étiez propriétaire de chaque syllabe. Chaque syllabe qu'il ait jamais écrite.

L'haleine de sa voix s'évapora dans les narines de Lars. Elle avait la voix chaude. Comme elle semblait libre, comme elle ressemblait à une bédouine.

— Si ce vieux type à Varsovie vous a laissée emporter le manuscrit — tout à trac...

— Un prêtre, lança Adela. Voilà ce qu'elle a dit. Vous agissez comme un prêtre !

— ... alors l'autre version est fausse.

— Il n'y a pas d'autre version. Il n'y a que ce que je vous ai raconté.

— La version de Mme Eklund. Celle qu'elle tenait de vous — que *Le Messie* attendait que vous veniez le prendre. Là-bas, à Varsovie. A Drohobycz. Enterré. Sous le bras de l'homme au manteau. Dieu sait où ! Traînassant comme ça — plusieurs dizaines d'années — dans l'attente de votre venue, du fin fond du Brésil ! On l'avait mis de côté, conservé, c'est toute la question. Pour la fille.

Il se voulait éraillé, il se voulait railleur ; au lieu de quoi il se trouva empêtré dans une quinte de toux imbécile.

— La fille ! On le gardait pour vous.

— Pas du tout. On ne le gardait pas.

— Nul autre n'aurait pu se le procurer. Seulement la fille, conclut-il. Voilà la version de Mme Eklund.

— Jamais je ne lui ai rien dit de semblable.

— Vous ne lui avez jamais dit que vous étiez la fille...

— Si. Parce que c'est vrai.

Elle lui lança un regard de feu.

— Un prêtre, c'est exactement ce qu'il faut. Vous seriez à genoux, n'est-ce pas ? A genoux devant chaque mot. Vous vous croiriez oint.

— Il ne peut y avoir de fille, dit Lars.

— Vous n'allez pas le faire. Je le vois bien. Vous refuserez. Vous êtes exactement la personne qu'il faut pour le faire, mais vous ne le ferez pas.

— Mme Eklund va vous présenter à sa princesse polonaise, attendez, vous verrez. La princesse traduit mille fois mieux que moi. Demandez à Mme Eklund.

Il était parfaitement serein : il était certain que le singe, enfin épuisé, s'était stupidement endormi. Il dit :

— Il n'y a aucune logique dans cette histoire de fille, n'est-ce pas ? Vous n'arrivez pas à la faire tenir debout. Ça ne marche pas

Elle le regarda fixement, les yeux dans les yeux. Deux sillons verticaux comme les siens.

— C'était le prof de dessin de ma mère. Au lycée de Drohobycz. Elle avait quinze ans. Elle posait pour ses dessins.

Ses dessins ! Une erreur, une erreur !

Ces photographies. Heidi l'avait fourvoyé. A moins qu'il n'eût fourvoyé Heidi. Ils s'étaient réciproquement fourvoyés. Ils n'avaient pas réfléchi dans le bon sens. Ils n'avaient pas su comment faire fonctionner leur imagination. Les photographies les avaient bloqués ; les avaient retenus. Les photographies avaient maintenu leurs deux têtes comme des pinces ! Leurs têtes, pincées ensemble, joue à joue, scrutant les visages du cercle de femmes. Toujours ce cercle de femmes. Lui, l'auteur du *Messie,* le seul homme ; la figure centrale ; entièrement entouré de femmes. Heidi mettant ces visages à l'épreuve, les fouillant, les sondant : ensemble ils étaient tombés dans les yeux et les bouches de ces femmes... Nulle d'entre elles n'était la maîtresse. Pas une. Ils n'avaient jamais songé à un enfant. Ils n'avaient jamais imaginé une élève. Une de ses élèves !

Adela dit :

— Il l'emmenait chez lui. Il inventait divers costumes pour elle. Il lui demandait de poser, de jouer la comédie. Voyez par vous-même si vous voulez. Vous n'avez qu'à la chercher.

— La chercher ?

— Dans les illustrations. Elle figure dans la plupart. Un homme en haut-de-forme, avec un chien gigantesque. Un gamin avec de gros boutons. Un type en bottes de cheval. Une femme en talons hauts vêtue d'un manteau à col de fourure. Toutes celles-là. Parfois elle est nue.

Une élève. Le lycée. Maculée de glaise et de peinture provinciales. Les dessins. La petite mâchoire triangulaire, ces yeux d'ailleurs, ces petits torses fuselés ; ces pieds et ces orteils minuscules. Une enfant !

— La grossesse lui fit peur, annonça-t-elle.

— Où allez-vous ? Vous ne...

Il fut navré de le constater : elle remballait.

— Arrêtez, que faites-vous ? Vous ne m'avez pas fait voir...

Voilà qu'elle fourrait le paquet de feuillets — froissés et agressés — dans le sac de plastique blanc.

— Elle l'aimait plus qu'il ne l'aimait. Il avait peur de se lier à quiconque. Pour finir, elle s'écarta d'un bond, il y eut l'action sauvage, alors ça n'avait plus d'importance.

Une démarche de bête sautant sur sa proie. Encore un bond, elle était à la porte.

— Ne l'emportez pas. Vous ne me l'avez pas fait voir. Je ne l'ai pas vu. Attendez, implora-t-il. Je ne vous ai pas dit ma version des choses.

— Je connais votre version. Vous vous en fichez. Sinon vous le feriez, vous travailleriez à le présenter au monde.

— Non, non, c'est autre chose. Mme Eklund ne vous a pas dit...

— J'ai contredit quelque chose qu'elle avait dit ? A la bonne heure, vous m'avez montré ce que vous pensez. Vous pensez qu'on ne peut pas compter sur elle.

— Je ne vous ai rien montré du tout. Vous ne savez rien.

Il s'accrocha à elle comme un ivrogne et arracha le sac à son étreinte.

— Rendez-moi ça.

— C'est à moi, dit-il.

— Rendez-le-moi.

— C'est mon père. Je suis son fils !

Le singe fœtal s'était réveillé, déployé, gigantesque, il rageait. *Le Messie* était léger, léger ; il n'était pas lourd du tout. Lars l'attira à lui, le pressa contre sa poitrine : l'exultation, le singe, le soulèvement, le surgissement !

— Rendez-le-moi, je vous dis !

Elle marcha sur lui, bon pied bon œil — elle tordit le sac de plastique pour le lui arracher. Ils écrasèrent les papiers entre eux. Elle tira la langue, il s'écarta du trou de sa bouche turbulente — elle cracha. Il pensa à ses pauvres seins écrasés. Il tenait bon, *Le Messie* était entre ses bras, il ne la laisserait pas le remporter. Son crachat était sur sa joue. Il leva une jambe — la jambe était lourde, elle avait un poids — et d'un coup de pied jeta Adela par terre.

Il vit sa tête près de ses souliers victorieux ; elle avait les mains sur ses seins. Il était un colosse regardant quelque chose à ses pieds.

— Il n'y a que moi. Il n'y a pas de fils. Vous êtes un intrigant, vous êtes un voleur. Vous dites n'importe quoi.

Comme elle était lointaine et petite, comme elle était lilliputienne, cette fureur d'Adela ! Sa tête, si loin en contrebas, quelque oiseau mort. Puis en une soudaine spirale de pur essor, aussi élastique que la montée d'un oiseau, elle s'accroupit sur ses hanches et bondit pour agripper le sac blanc — il lui échappa, elle l'avait dans son poing ; et elle s'enfuit. S'enfuit.

Une erreur, une erreur ! Elle était partie, elle n'était plus là. La porte vibrait sur ses gonds. Comme il lui avait écrasé les seins, comme il avait comprimé le cerveau de son père. Il avait fait un berceau pour *Le Messie* : grands dieux, ne l'avait-il pas tenu entre ses bras ? Une heure durant, une heure sacrée, sa maison ; son lit ; son édredon, en avaient été possédés. Il aurait dû s'agenouiller devant ; elle l'avait averti. Il aurait pu s'agenouiller là — en contemplation — devant les cavernes et les grottes de son édredon.

Et il n'en avait pas pris un mot. Pas un mot. Pas un coup d'œil. Il s'en était approché aussi près que de l'apparition de l'œil de son père. *Le Messie* entre ses bras, et perdu de nouveau !

Il courut le long du passage et sortit sur le trottoir ; elle n'y était pas. Le trottoir était vide. Elle n'était nulle part dans la rue. Dans quelque direction qu'il regardât — il virevoltait et virevoltait encore dans l'air froid — elle n'était pas là. Elle avait passé un coin ; elle était hors de vue. Il ne savait rien d'elle : seulement qu'il en avait fait sa proie, à cause du *Messie*. Un accès de panique d'à peine quelques centimètres le saisit alors : il lui sembla qu'Adela était un ange en mouvement. Le sac blanc volait à côté d'elle et pénétra dans la niche derrière le mur. Ensorcelé, il la regarda le déposer sur le fauteuil de cuir au pied fendu ; elle apportait *Le Messie*. Elle le laissa là pour lui et disparut. Il comprit que c'était l'affaire des anges de disparaître.

Quand il passa la tête à l'angle du petit vestibule secret, le fauteuil de cuir était toujours à sa place et ne portait rien que la poussière du jour.

11

Il n'était jamais que midi. Toute la journée brillante pendait morte devant lui. Il sortit pour prendre la direction des clameurs du *Morgontörn*, où les secrétaires mangeaient des sandwiches de viande froide et d'œuf dur. A la rubrique littéraire la marmite ne s'était pas encore assemblée. Lars tira un volume, d'une épaisseur moyenne, de la pile d'exemplaires destinés aux critiques qui s'entassaient contre la plinthe. Une petite crotte de souris noire et ronde était logée dans la reliure, aussi le reposa-t-il pour en choisir un autre. Lequel se trouva être beaucoup plus épais. C'était le tout dernier roman de la prolifique Ann-Charlott Almgren, nom qu'il connaissait — il faisait l'objet de célébrations considérables — bien qu'il ne l'eût jamais lue, pas même son célèbre *Nytt och Gammalt*. Il introduisit le pouce entre les pages quelque part parmi les chapitres médians pour humer un peu le fumet de la chose. Cela promettait de jouer sur la concupiscence, la tromperie, l'ambition et la mort et semblait assez bon pour le but qu'il se proposait.

Car il s'en proposait un. Le box de Gunnar était vide ; de même celui d'Anders. Il arrêta sa décision sur celui de Gunnar pour commencer. Le roman s'intitulait *Illusion*. Il en admira l'intrigue, qui était fondée sur le principe de l'embuscade. Une demoiselle d'un certain âge, bonne et pudique — peintre autodidacte —, s'éprend d'un propre à rien, jeune homme intelligent et beau. Elle a refusé de montrer ses toiles qu'elle tient pour dépourvues de mérite. Le jeune homme est le premier à les voir, elle n'a jamais eu le courage de les révéler à quiconque auparavant. Mais le jeune homme comprend d'emblée qu'elle est un génie méconnu. Il accepte de l'épouser si elle consent à une duperie : il fera croire que les toiles sont de lui et les livrera au monde. La supercherie connaît un grand succès ; le mariage est heureux. Le prétendu peintre est adopté par les gens à la mode et honoré partout. Mais dès ce moment le jeune mari, nimbé de charme et de gloire, s'est attaché à une jeune femme séduisante, qui n'est autre que le critique d'art dont les louanges éperdues ont généreusement contribué à faire sa réputation. L'épouse d'un certain âge qui s'ingénie à s'effacer, découvrant la liaison... et cetera, et cetera. Le livre pesait entre les mains de Lars ; il en était lesté. Il avait la gravité de la perte. (Et *Le Messie* entre ses bras — léger. Ah combien !) Une heure et demie pour lire. Terminé. Une demi-heure de plus : son compte rendu critique ficelé et empaqueté. (« Composé. » Craché.) Encore une heure : à s'escrimer et ferrailler sur la machine hostile de Gunnar. Douloureux, plongée dans un bain d'aiguilles. Puis trois heures sonnèrent. La marmite commençait à s'assembler en ordre éparpillé avec ses dangereux éclats de rire ; mais Lars alla frapper à la porte du bureau de Nilsson et offrit d'attendre — il se tint là muet et patient — pendant que Nilsson prendrait connaissance de ses pages.

— Dis donc, dis donc, dis donc, dit Nilsson. Que dites-vous de ça ? Ça par exemple. Très chouette. C'est très chouette, Lars. C'est quelque chose de nouveau pour toi. Et il ajouta :

— Tu vas finir par y arriver. Je l'ai toujours su. J'ai toujours eu confiance en toi, Lars. Et parfois je me suis senti bien seul, crois-moi. Mais ça ne m'étonnerait pas le moins du monde que tu te mettes à concurrencer sérieusement le vendredi, qu'en penses-tu ?

Il dit encore :

— Continue comme ça, Lars. Tu me donnes deux mois de ce genre de travail et je t'obtiendrai ton propre box, qu'en penses-tu ?

Il dit encore :

— Ne retombe surtout pas dans tes erreurs. Fini Broch, fini Canetti ; un peu de Kundera suffira à te mener très loin. J'imagine qu'il fallait te débarrasser de l'Europe centrale — je le leur avais dit que tu finirais par t'en débarrasser.

Il dit encore :

— Lars, écoute ! Tu vas finir par t'en sortir.

Lars glissa autour des abords de la marmite — elle ne prêtait jamais la moindre attention à lui — et gravita vers son foyer et son lit. « Ces crocodiles », crut-il entendre dire Nilsson. A moins que ce ne fût « ces cormorans » ? Impossible de le dire de si loin — Lars était sous son édredon. Pardessus lequel, légèrement — si léger et soutenu ! — *Le Messie* s'était répandu. Ses yeux coulaient, ses narines étaient perturbées. Une convulsion de fatigue. La sieste qu'il avait manquée la veille, les migrations du sommeil déplacé. Un nuage hypnotique. Il dormit, pour s'éveiller à l'œil de son père.

Quand il s'éveilla il n'y avait qu'absence. Rien ne s'était formé dans l'air noir. Les ténèbres vides n'émettaient rien du tout. Le bec luisant ne l'avait pas saisi. L'œuf d'albâtre ne se matérialisa pas. Lars rejeta l'édredon et écarquilla des yeux qui étaient comme deux soufflets gonflés par la puissance venue du plus profond de ses poumons en activité. Sa tête était pleine de la force destructrice, obstinée, contondante de ce regard aux yeux écarquillés, hors de la tête. Mais la visitation n'eut pas lieu. Nulle sphère ne parut. L'auteur du *Messie* s'était retiré. L'œil du père de Lars ne revint pas.

Il était sept heures. Il n'avait pas mangé tout le

jour durant, comme s'il avait de propos délibéré entrepris un jeûne. Mais c'était seulement parce qu'il avait oublié la faim. Après la défaite au combat les hommes ne se rappellent pas les aliments. Il noua son écharpe et enfonça son bonnet par-dessus ses oreilles. Sur le plancher près du lit une tache blanche. Il se courba dessus, et, penché, se chagrina de l'image persistante de la chevelure d'Adela gonflée comme un ramassis de plumes à ses pieds. Un oiseau mort. Il l'avait fait tomber d'un coup de pied : la fille de son père. Sa sœur, sa sœur. Il vit alors que la tache blanche était une page du *Messie*, négligée dans la bataille et oubliée. Il la ramassa tout en sachant que sa main droite allait exploser comme une grenade au contact du feuillet. Il était prêt à perdre sa main droite pour l'amour d'un quelconque paragraphe égaré du *Messie*.

La tache n'était pas ce qu'il avait cru. Il la ramassa : le béret blanc d'Adela. Ce n'était pas ce qu'il voulait, aussi le jeta-t-il sur son lit avant de tomber dans la nuit en direction de la boutique de Heidi.

12

La boutique était fermée et noire. Mais une brume jaune diffusait depuis l'arrière-boutique : la jonquille allumée, elle était là. Ses chaussures étaient mouillées et toutes maculées de poussière collée. Une allumette s'était accrochée à la semelle gauche. Lars entreprit par habitude de les retirer — puis il se ravisa. Il n'avait pas l'intention d'être agréable à Heidi. Chaque soir, après la fermeture, elle ordonnait au jeune Turc de laver par terre ; le jeune Turc n'était pas autorisé à rentrer chez lui avant que la boue des clients du jour n'eût été lavée. Lars tapa des pieds dans le vestibule. Aussitôt il s'interrompit. Il n'était pas un quelconque visiteur, il n'était l'hôte de personne. Il avait le droit d'entrer — il l'avait dans sa poche. La clé froide qu'il avait empruntée. Elle pénétra dans la serrure.

— Qui est là ? Qu'est-ce que c'est ?

Une voix sombre et crue. L'odeur de roussi.

— Est-ce cette femme ? C'est cette femme ?

— Cela ne se peut. On n'a pas frappé. Je lui avais dit de frapper. La porte est fermée à clé.

Cela c'était la voix de Heidi, résonnant derrière sa barrière de livres. Elle sortit en traînant les pieds, elle avait chaussé ses pantoufles.

— Alors qui est-ce ? Pourquoi n'est-ce pas cette femme, si elle doit venir ? Nous sommes fermés, n'est-ce pas bien visible ?

Lars dit :

— Mme Eklund...

La voix sombre, crue et pleine d'apprêt, une voix de comédien :

— Ce n'est pas cette femme, c'est un homme. Tu n'avais donc pas fermé pour la nuit ?

— Ne t'en fais pas, ce n'est que Lars. Il rapporte ta clé, tu vas avoir ta clé de rechange. Lars, dit Heidi, que je vous présente. Dr Olle Eklund. Lars Andemening. Vous voyez comme nous sommes tous bien convenables. Le Dr Eklund est toujours tellement amoureux des formes.

Un homme de taille imposante était assis devant la petite table de Heidi avec une tasse de thé presque vide devant lui, fumant la pipe. Il avait l'air de quelque gigantesque cheval luisant et frémissant, avec de longues narines percées dans un bout de cartilage réduit au minimum, un long visage et une longue tête tumescente, chauve et brillante. Ses lunettes éclaboussaient de la lumière. Le sommet de son crâne semblait poli. Il était vêtu avec un soin méticuleux, d'une veste et d'un gilet aux boutons d'argent étincelants. Il portait une bague d'argent à l'annulaire de chaque main et il y avait quelque chose dans ces boutons et ces bagues, et aussi dans la manière dont il agitait ses gros doigts en direction de Lars, qui faisait penser à un capitaine au long cours. A moins que ce ne fût son odeur de triton au parfum d'algues qui se mêlait à celle, plus charnue, du tabac brûlé, vigoureuse et salée. Son menton était bien rasé, sans trace de poils, et brillait de lui-même.

Lars prit la main de l'homme — comme elle était chaude — et la serra.

— Vous êtes le Dr Eklund ? dit-il.

— Le Dr Eklund est rentré tôt ce matin, dit Heidi. Une telle tension, une journée si fatigante après son voyage...

Lars examina l'homme. Il l'observa tandis qu'il levait sa tasse puis la reposait. Il l'observa qui allumait une allumette et tirait sur sa pipe.

— Je suis moi-même venu ici ce matin, dit-il.

— Mon petit Turc m'a dit que vous étiez passé — il ne vous aime pas, pourquoi cela ? J'étais à l'appartement occupée à remplir le réfrigérateur. C'est différent quand on est deux à la maison.

Heidi tira une chaise hors de l'ombre.

— Asseyez-vous, espèce de brute, et racontez-nous ça. Vous l'avez jetée par terre, n'est-ce pas ? J'avais négligé de remarquer cette part de vous —

la pauvre Adela ! Elle est revenue en courant et en hurlant ici se plaindre que je l'aie envoyée chez un forcené.

Lars dit :

— Est-ce bien le Dr Eklund ?

Le Dr Eklund tendit sa tasse.

— Encore un peu.

Heidi s'affaira vers la bouilloire.

— Elle va venir ce soir. Consulter le Dr Eklund. Si ce n'était pas le Dr Eklund — Lars vit qu'elle allait se montrer fantasque — elle ne pourrait pas le consulter, *nicht wahr* ?

— Elle n'est même pas meurtrie ! L'est-elle ?

— Pour l'amour du ciel, nous ne sommes pas dans une clinique, pour qui nous prenez-vous ? Elle vient au sujet de ce qu'il y a dans ce sac. Je lui ai promis que cette fois personne ne la jetterait par terre. J'ai du mal à imaginer qu'elle aura du plaisir à vous voir, Lars. Vous feriez mieux de partir avant.

— Je ne comprends pas comment il est entré, dit le Dr Eklund.

— Avec ta clé. Je lui ai donné ta clé.

— S'il jette les gens par terre tu n'aurais pas dû lui donner ma clé.

— Je croyais, dit lourdement Lars, qu'il n'y avait pas de Dr Eklund.

— Lars croit aux fantômes, expliqua Heidi.

— Vous m'avez fait croire qu'il était inventé.

— *Cogito, ergo sum,* dit le Dr Eklund. Pourquoi êtes-vous allé penser une chose pareille ?

— Tout le monde n'existe pas forcément.

— Voilà qui est remarquablement plausible.

— Il veut dire par là qu'il est orphelin, dit Heidi. Il était au nombre de ces réfugiés orphelins. Il ignore qui est sa mère.

— Je ne sais pas qui est mon père non plus, dit Lars.

— Ça c'est nouveau ! s'écria Heidi. Votre père est l'auteur des *Boutiques de cannelle.* Votre père est l'auteur de *Sanatorium.* Votre père est l'auteur du *Messie.* Voilà qui est votre père.

Elle émit son rire rapide qui faisait penser à un chien.

— Je n'ai pas de père.

— Vous avez perdu votre père ? Mais pas son œil, railla-t-elle. Vous avez gardé cet œil ?

— Il a disparu. Il n'y est plus.

Le Dr Eklund demanda :

— Un œil ? Un œil ? Où se trouve un tel œil ?

— Un jeune homme intelligent mais sujet aux hallucinations, déclama Heidi — avait-elle l'intention de l'humilier ?

Une vague de regret. Il lui avait confié son défaut ésotérique : sa visitation, son apparition. Il n'y avait pas d'œil. Il l'avait abandonné. Il ne reviendrait pas.

— Drôle de jeune homme. S'il se laissait pousser la barbe elle serait grise, dit le Dr Eklund dans sa pipe. Lars, dans sa honte, sentit qu'il trébuchait sur une certaine familiarité d'inflexion, d'accent. Les sifflantes. Quelque chose ici était trop coutumier, il ne parvenait pas à le saisir. Une étrangeté dans la voix du Dr Eklund. Etrange parce que pas assez étrange.

— Une légère ressemblance néanmoins, poursuivit le Dr Eklund. Une ressemblance très mineure. Le menton, peut-être. Pas plus qu'un soupçon, oui ? Pendant l'été 1938 — je suis sûr de ne pas me tromper là-dessus, je l'ai vu boire un thé — un thé brûlant — à une petite terrasse de café. A Paris, c'était. On me l'avait montré du doigt. Ce n'est qu'ensuite que je l'avais absolument reconnu par moi-même.

— Le Dr Eklund parle couramment le polonais, indiqua Heidi.

— On parlait beaucoup le polonais à cette table. Un groupe de trois ou quatre. Ils avaient visité les galeries. Le sujet de leur conversation était l'art. Je me rappelle que c'était une journée très chaude, et pourtant ce type buvait du thé brûlant ! Pas différent de ce qui est dans cette tasse-ci. Plus chaud probablement. Parfois un ou deux d'entre eux revenait au français, mais on parlait principalement polonais. Encore que ce type-là, lui, ne prononçât pas un mot. Il avait l'air d'un paysan, avec des revers de pantalon trop hauts. On apercevait deux ou trois centimètres de chaussette de plus qu'il n'était convenable —

songez un peu, c'était seulement un an ou deux environ après *Les Boutiques de cannelle*. Un coup de chance.

Cela semblait bien embrouillé — qui au juste le Dr Eklund disait-il avoir vu à Paris ? Lars s'avisa alors de ce qu'il entendait dans la gorge du Dr Eklund. Il avait pensé d'abord que ce pouvait être la sourdine de la pipe. Mais ce n'était pas la pipe. Les voyelles du Dr Eklund — était-ce possible ? — n'étaient pas sans ressemblance avec celles d'Adela. Le Dr Eklund — était-ce possible ? — n'était pas suédois du tout.

— Vous n'en aviez jamais parlé, accusa Lars. Du polonais.

— Le Dr Eklund n'aime pas que cela se sache. C'est qu'il fait sortir des gens, vous voyez. Il fait de son mieux. Il a toujours fait de son mieux. Il a fait sortir Mme Rozanowska, par exemple.

— Il a fait sortir la princesse ?

— Cela fait bien longtemps — vous connaissez certainement toute l'histoire. En même temps que son mari. Le Dr Eklund les a fait sortir et puis il les a fait entrer aussi. Qui vous dit, dit-elle malicieusement, qu'il ne vous a pas fait sortir vous-même ? Dans vos langes ! Il sait faire ce genre de choses, n'est-ce pas Olle ?

Le Dr Eklund aspira une gorgée discrète.

— Je n'aime pas que tu disposes de ce qui ne t'appartient pas.

— Tu as récupéré ta clé.

— Tout ce que l'on donne n'est pas toujours récupérable.

Quel couple théâtral ils formaient, le Dr et Mme Eklund ! Deux vieux troupiers en répétition. Lars inclina son siège vers le Dr Eklund et baigna sa tête entière dans le nuage de viande rôtie qui s'échappait de la pipe du docteur.

— Qui avez-vous vu, dit-il, à Paris ?

— Ce type. Là, votre auteur.

— A Paris ? Vous l'avez vu à Paris ?

— Quelques instants seulement. Un coup de chance.

— Mais vous l'y avez vu ! Vous avez vu son visage ?

— Il avait le menton pointu. Ça, je me le rappelle.

— Et quoi d'autre ? De quoi avait-il l'air ?

— De quelqu'un qui boit du thé brûlant en juillet.

Lars se tourna vers Heidi :

— Votre mari l'a vu ! Vous n'y avez jamais fait allusion, vous n'en avez jamais parlé...

— Je l'entends moi-même pour la première fois.

— Ben voyons ! Et par-dessus le marché le polonais ! Avoir un mari qui parle couramment le polonais, fit-il en écho, et ne jamais en avoir dit un mot...

— Bah, vous auriez dû le comprendre tout seul.

— Le comprendre tout seul !

Qu'elle était donc grotesque, inepte, quel personnage d'opéra bouffe !

— Pourquoi n'avoir pas envoyé Adela à votre mari, puisque c'est une traduction qu'elle veut ? Je ne suis pas, moi, celui qu'elle cherche !

— Le Dr Eklund préfère ne pas traduire. Le Dr Eklund est obligé d'aller et de venir. Il suit les choses jusqu'au bout. Il fait sortir des choses.

— La traduction n'entre pas dans ma sphère d'intérêt, affirma le Dr Eklund. Particulièrement dans le cas de manuscrits douteux.

— Quel bébé vous faites, Lars. Naïf. Ce n'est pas seulement aux fantômes que vous croyez. Il s'agit d'un travail de détective, ne pouvez-vous le comprendre ? Des agents. Des connexions. Des combinaisons. De quelle autre manière me seraisje procurée ces éléments de Varsovie ? Qui suis-je pour me procurer de telles choses ? Une petite libraire de rien du tout...

— Je n'aime pas, dit de nouveau le Dr Eklund, que tu disposes de ce qui ne t'appartient pas.

Heidi passa outre.

— Vous croyez qu'une lettre datée de 1934 se trouve dans le pas d'un cheval ? Vous croyez que les extraits d'un mémoire au sujet d'une conversation ayant eu lieu au cours d'un dîner à Varsovie en 1936 poussent sur les arbres ? Qu'il n'y a qu'à les cueillir ? Lars, s'il vous plaît, permettez que je vous questionne — laissé à vous-même, qu'auriez-vous déniché ? Laissé à vous-même, c'est bien là que le bât blesse ! Je vais vous dire, moi — vous n'auriez déniché que l'unique rogaton que vous avez effectivement déniché ! Une critique américaine récupérée dans les poubelles du *Morgontörn*, voilà !

Les sourcils noirs s'agitaient comme des crinières de cheval à bascule.

— Non, non, ce n'est pas si simple. Vous autres rêveurs vous voudriez que ce soit simple, vous voudriez que tout tourne autour de la question de la passion littéraire. J'imagine que Varsovie distribue ses objets de valeur sans autre forme de procès ? Ou peut-être s'agit-il seulement d'un appel téléphonique international à un négociant de Drohobycz, ha ! Vous êtes un bébé, vous ne comprenez pas le monde. Vous pensez que le monde est fait de littérature. Vous pensez que la réalité est un bout de papier.

Qu'était-elle donc en train de lui dire ? Cela avait affaire avec le Dr Eklund. D'une manière ou d'une autre c'était à propos du Dr Eklund — ce qui ne pouvait en aucun cas être son vrai nom. Le Dr Eklund n'était pas suédois. Était-il même docteur ? Capitaine au long cours pour de bon ? Il faisait sortir des choses — des gens et des choses. Il faisait entrer des choses — des choses et des gens. Aplanisseur de difficultés. Quand on disait que le Dr Eklund était à Copenhague, ou qu'il effectuait sa visite à l'hôpital, ou qu'il dormait à l'appartement, cela signifiait-il qu'il était en fait à Budapest ? Avait-il vraiment — quatre ans après la publication des *Boutiques de cannelle*, dans un Paris estival qu'assombrissait déjà l'approche de la guerre —, avait-il vraiment vu le père de Lars ?

Lars n'avait pas de père. Plus jamais de père. Il renonçait à son père — au nom des probabilités, sinon des faits. Il n'y avait pas de faits. Après les coups de feu qui l'avaient abattu il n'y avait rien du tout. Seulement la turbulence du désir, le bouillonnement impitoyable d'un œil sauveur et chimérique. L'œil de la délivrance. De la rédemption. Il avait éclaté au-dessus de la petite caverne de l'édredon de Lars comme la roue d'un soleil. Un cerceau de feu. Un œuf rugissant. Une intelligence. Une dévorante certitude. Disparue ; effacée ; balayée. Heidi ne semblait pas du tout perturbée par ces vides cataclysmiques : elle n'était pas touchée que Lars eût renoncé à ses prétentions sur l'auteur du *Messie*, qu'il voulût maintenant se retirer dans le néant, qu'il fût le fils de personne, qu'il n'eût pas de père, qu'il fût détruit. Cela ne la touchait pas, dans un sens ou dans l'autre. Elle n'avait jamais cru en son affaire ; cela n'avait pas d'importance pour elle qu'il déchirât son dossier sur-le-champ. Cela n'avait pas l'air de lui faire plaisir.

— J'arrête, Mme Eklund, dit-il. C'est fini. J'abandonne.

— Qu'est-ce qui est fini ? Qu'abandonnez-vous ?

— Je vous l'ai dit. Je n'ai pas de père.

— En avez-vous jamais eu ? Je ne l'ai jamais cru.

— Adam, notre père à tous, dit le Dr Eklund.

— Finis les articles de Varsovie. Plus de lettres, plus de mémoires, plus de photographies, plus de dessins, plus de proverbes, plus de citations — je ne vous dérangerai plus, dit Lars.

— Il n'y a pas le moindre dérangement, dit le Dr Eklund. Il s'agit plutôt d'affaires.

— Le Dr Eklund se fait toujours un tel souci pour tout ce qui concerne la librairie, dit Heidi.

— Mon père n'a rien à faire avec la librairie.

— Votre ex-père. Ne devriez-vous pas dire votre ex-père ?

— Vous pouvez m'en croire, c'est bien fini.

— Réellement fini ?

— C'est la fin.

— Oh, mais nous, nous n'abandonnons pas, contra-t-elle.

Nous ? Qui était ce « nous » ? C'était, réfléchit Lars, un nouveau « nous ». Désormais il incluait le Dr Eklund.

— Le Dr Eklund, indiqua-t-elle, a pris un certain intérêt dans l'accumulation de ces articles.

— De ces éléments de preuve, suggéra le Dr Eklund.

— De ces éléments de preuve. C'est pourquoi

nous avons accepté de voir Adela. Il est exténué — regardez comme le pauvre est exténué. Mais il a accepté de la voir quand même, et savez-vous pourquoi ?

— Pourquoi ? demanda le Dr Eklund.

Raillerie, ou désir de la faire aller plus vite ?

— Parce qu'il compatit. Il sait combien tout cela vous consume. Il vous comprend, Lars.

— Je saisis, pénètre, proposa le Dr Eklund, l'attraction — la séduction, le magnétisme — d'un texte sublime. C'est un sentiment que j'avoue partager moi-même.

— Le Dr Eklund est pour ainsi dire votre jumeau psychologique.

— Il ne faudrait pas aller trop loin, dit le Dr Eklund. Je ne prétends pas entrer dans la catégorie de ce monsieur. Il n'est personne qui soit exactement comme lui. Pas à Stockholm, non.

— Ma catégorie ? Quelle catégorie est-ce là ?

— L'utilité, dit Heidi, enrobant les choses de son petit aboiement blagueur.

Une unique cloche d'église soudain déchaînée. Et sinon une cloche, alors, une espèce de gong.

— Mon Dieu, qu'est-ce que ça peut bien être que ça ? éclata Heidi. Je lui ai seulement dit de frapper — a-t-elle brisé la vitre ? Elle l'a brisée !

Le Dr Eklund bondit — il n'était pas fatigué du tout ; il était robuste et acrobatique, plus capitaine au long cours que jamais — et il traversa toute la boutique en courant jusqu'à la porte, filant entre les rayons comme un rat gigantesque dans un tunnel.

Heidi tendit la main pour allumer la lumière, la boutique eut soudain l'air d'être ouverte et en pleine activité.

— Vous avez failli briser ma vitrine !

— Puisque je ne l'ai pas fait.

Adela frotta son pied dans les traces de glissade qui traversaient le vestibule.

— J'ai glissé dans la neige avec ce machin. Je me suis aplatie contre la porte. Ça a recommencé à tomber.

— Regardez vos chaussures, dit Heidi. Vous allez couler sur mon plancher. Le garçon a passé la serpillière il y a moins d'une heure.

Adela était nu-tête ; Lars savait pourquoi. Sa chevelure était parsemée de perles de neige. Elle n'avait pas le sac de plastique blanc. Ses bras étaient refermés autour du ventre d'un gros pot de cuivre rond ; une espèce d'amphore. C'était un très grand vase à fleurs ou un très modeste porte-parapluies. On en avait protégé l'embouchure contre la neige par un bonnet de douche de plastique.

— Pas de chapeau ? Sous la neige, vous devriez porter un chapeau, réprimanda le Dr Eklund.

C'était, Lars le nota, l'équivalent chez lui des sautes d'humeur et des ruptures de ton de Heidi ; cela faisait partie de son cabotinage. Quelle importance que cette femme agrippant un baril, ou une urne, ou je ne sais quoi, portât ou non un chapeau ? Le Dr Eklund se montrait trop brusquement familier ; il était prêt d'emblée à l'absorber. Il y avait une angoisse clownesque là-dedans. Il l'examinait comme un mousse impétrant à l'orée d'une traversée. Il n'était pas convaincu qu'il ferait l'affaire. Il était prêt à donner des ordres, des conseils, à poser des questions. Lars dit :

— J'ai son chapeau chez moi.

Adela se tourna ; Lars regarda monter sur ses traits la marée de la surprise.

— Il est dans mon lit. Votre chapeau.

— Vous ! Cet homme, ce fou ! Ça suffit pour une journée ! Quel besoin a-t-il d'être ici ? Qui lui a demandé de venir ?

Les deux rides verticales se rapprochèrent comme les piquets d'une clôture. Mais c'était plus calcul que rage.

— Personne ne lui a demandé. Il est venu comme ça de lui-même, dit Heidi.

— Parce qu'il avait ma clé, se plaignit le Dr Eklund. Il avait pris ma clé, voilà pourquoi.

Adela posa violemment l'amphore de cuivre sur la petite table de l'arrière-boutique, à quelques centimètres de la tasse du Dr Eklund.

— Il dit n'importe quoi. Il fait n'importe quoi. Une seule chose à faire : appeler la police.

— C'est la seule chose à ne pas faire, dit le Dr Eklund.

— La police s'occupe bien des voleurs, non ?

— Voyons, voyons. Attendez un peu, je vous en prie. Un manuscrit d'origine douteuse. Nous ne savons pas encore si c'est ou si ce n'est pas *Le Messie.*

— C'est exactement la question que le Dr Eklund va régler, dit Heidi du ton de l'apaisement.

On aurait cru qu'on venait de lui confier — d'invisibles confluences, le Dr Eklund lui-même, ou en réalité la seule idée de la police ? — une mission de maintien de la paix.

— Il ne faut pas vous en faire pour Lars. Il a eu une crise et maintenant c'est fini.

Adela souffla une haleine féroce.

— Une agression ! Oh oui, maintenant c'est fini — je lui ai tout dit et il m'a jetée par terre.

— Parce que vous refusiez de me faire voir.

— Voir ? dit le Dr Eklund. Voir quoi ?

— *Le Messie.* Elle s'est enfuie avec lui dans ce sac.

— Il a tenté de me le voler.

— Vous auriez dû le lui faire voir, dit sévèrement le Dr Eklund.

— Il fallait le lui montrer, dit Heidi. Ce n'était pas juste. De toute manière il va s'excuser, vous verrez. Lars, vous allez présenter vos excuses, n'est-ce pas ?

— C'est dépourvu de toute importance, marmonna le Dr Eklund, toute fantaisie l'ayant quitté. Il se fait tard pour nos affaires. Si elle ne veut pas de lui, il n'a qu'à s'en aller.

Lars dit :

— Où est ce sac ? Vous ne l'avez pas avec vous ?

— Je n'ai pas mon chapeau, se moqua Adela.

— Pourquoi ne part-il pas ? dit le Dr Eklund, tripotant encore une allumette.

C'était remarquable : la voix du Dr Eklund, sa façon de souligner, la petite ondulation dure sur certains mots — c'était exactement celle d'Adela. Le capitaine au long cours et Adela venaient d'une lointaine partie du monde — la même. Les mêmes modulations, les mêmes éruptions avec la descente des voyelles comme une coulée de lave. Il était clair qu'ils avaient naguère été voisins, le Dr Eklund et Adela. Et pourtant Adela était une manière de provocation. Le compatissant Dr Eklund, Eklund le jumeau psychologique — voilà que le Dr Eklund cherchait à jeter Lars dehors. Le changement s'était produit avec l'arrivée d'Adela. A croire que quelque vibration d'avertissement s'était déclenchée, quelque machine soudaine, quelque alarme subtile dont Lars percevait le bourdonnement — à l'arrière-plan, derrière les rayonnages, hors de vue.

Cela fit de Heidi son avocate inattendue.

— Il a le droit de rester, pourquoi ne resterait-il pas ?

Elle était d'une douceur accommodante, elle

était aimable, elle était tout à coup émolliente ; elle voulait se mettre de son côté.

— Ce qu'il y a dans ce manuscrit est plus important pour lui que pour quiconque. C'est sa manie, dit-elle comme si elle avait parlé d'une épouvantable contagion. C'est ce sur quoi il se concentre. Je ne puis prétendre qu'il m'ait jamais jetée par terre pour y parvenir. Pas réellement, pas en chair et en os. Mais si l'on parle d'agression ! C'est moi qui puis en témoigner ! Il s'en est pris à mon cerveau, n'est-ce pas pire ? Il m'a fait trier tous ses résidus. Il m'a fallu remâcher tout ce qu'il avait mâché. Les gens de sa sorte viennent au monde, Dieu sait comment ou par qui, pour compenser ce qui n'y est pas. Ils déversent les plus extrêmes bizarreries dans le vide. Comme du sable dans un sac.

Bénin blablabla : elle poursuivit. Elle dit qu'elle était devenue son esclave, qu'il l'avait asservie à sa concentration, à son obsession. Que son esprit ne valait pas mieux que tous les appareils conçus pour une production unique. Il l'y avait ligotée, il s'y était lui-même ligoté, et en même temps il échappait à tout contrôle, il était irrépressible. Il comptait parmi les pertes du siècle, il était à sa manière une victime. Il prenait sur lui les pertes de tous, les chagrins ineptes de tous. Inepte parce que prodigue. Le sauvetage était l'unique pensée qu'il entretenait dans sa tête — il se montrait arrogant à ce propos, il était obstiné, il voulait sauver jusqu'au dernier bout de papier à travers toute l'Europe. Le sauveur de l'Europe ! Sa tête était pleine d'Europe — tous ces langages obscurs dans tous ces recoins ténébreux où avaient eu lieu toutes ces fusillades — dans les rues, dans les forêts. Il s'était attaché aux résidus de la tyrannie, de la tragédie, de la confusion.

— Il n'en existe pas deux comme lui, termina-t-elle. Où que ce soit. C'est exactement comme l'a dit le Dr Eklund — il forme une catégorie à lui seul.

Pendant tout cela Adela arborait un sourire caustique et tordu.

— Fort bien, un fou. Vous avez dit un prêtre et vous vouliez dire un fou. Mais alors pourquoi diable m'avoir envoyée à lui ? Car vous m'y avez envoyée !

Heidi tordit son petit torse épais.

— Vous vouliez un traducteur.

— Vous saviez qu'il ne le ferait pas et vous m'y avez envoyée.

— Bah, je pensais qu'il fallait lui faire voir.

— Le faire voir au prêtre ? Ou au sauveur ? Ou simplement au fou ? Ecoutez, Mme Eklund, il n'a jamais envisagé de le traduire. Vous le saviez. Ne me dites pas le contraire. Et c'est précisément pour ça que je ne le lui ai pas fait voir.

— Non, non, protesta Heidi, vous ne suivez pas. La manière dont il s'est jeté dans le polonais — n'ai-je pas vu par moi-même la manière dont il s'est jeté sur le polonais ? Il l'a avalé tout rond. Il est à la recherche de ce qui est premier...

— Il raconte des mensonges stupéfiants.

— Ce qu'il veut c'est l'original des choses. C'est ce que j'ai dit, c'est exactement ce que je vous ai dit. C'est un prêtre de l'original — n'est-ce pas ce que je vous ai dit ?

Elle était son avocat, elle prenait son parti. C'était une espèce de pièce. Il était dans un théâtre. Lars se sentit exclu. Derrière une avant-scène fermée d'un rideau — mais c'était contre lui que le rideau était fermé — quelque drame incompréhensible faisait rage. Même comme spectateur il n'avait dedans aucune place rationnelle. Qu'allait-il être dorénavant, s'il ne devait plus être le fils de son père ? Et elle, la fille, cette fausseté de fille ? L'auteur du *Messie* n'était le père de personne désormais. Ce à quoi Lars avait renoncé ! Une capitulation ; il s'était rendu au récit de la fausse fille. Il n'avait aucun récit solide à lui opposer ; seulement cette ruée du sang. Son récit était aussi vraisemblable que n'importe quel autre dans la sauvagerie où l'Europe avait été plongée quarante années auparavant. Ces histoires avaient leur plausibilité. Lars avait — qu'avait-il ? Sa vieille certitude, poussée hors de lui comme un ongle. Il la trancha, il était là désormais dépouillé de toute vraisemblance. Était-elle la fille de personne ? Alors lui-même en était d'autant plus le fils de personne.

Comme il était difficile de respirer, d'inspirer et d'expirer, sans illumination ! Tout avait été étouffé, mouché, asphyxié. Abdiqué. La lumière qui caracolait à la manière d'un pommeau, comme si une selle gigantesque avait été jetée sur les flancs de l'univers, une selle au flambant pommeau de lumière, surgissant de l'œil fixe de son père... dissoute. Elle s'était laissée mourir. Elle ne reviendrait plus.

Une odeur de roussi : le Dr Eklund craquant encore une allumette — allumette sur allumette — pour rallumer sa pipe éteinte.

Les femmes continuaient de s'affronter. C'était une querelle ; ce n'était pas une querelle. C'était peut-être un semblant de querelle. Des marionnettes. L'arrière-boutique de Heidi foisonnant de complots et de cabales — pourquoi pensait-il cela ? Une frénésie de scène : voulue, dirigée, dialoguée. Adela voulait qu'il parte. Heidi voulait qu'il reste. Pour le Dr Eklund c'était indifférent.

— Qu'il parte, qu'il reste. Si le texte est valide — voilà la question.

Adela s'emporta :

— Il pense qu'il lui appartient.

— Voyons, voyons, dit le Dr Eklund.

— Il prend les choses. Vous l'avez entendu ! Il a mon chapeau.

Leurs deux voix étaient exactement pareilles. Un son de famille. L'air enfumé s'était calmé. Rien de spontané ne s'élevait dans cet espace. Le

Dr Eklund déposa sa pipe allumée sur sa soucoupe. Puis il écarta tasse, soucoupe et pipe. L'amphore de métal — elle n'avait pas de poignée ; ce n'était jamais qu'un vieux pot ébréché — étirait sa forme archaïque depuis le milieu de la petite table. De la poche de son gilet le Dr Eklund tira, par son gros manche noir, une grande loupe ronde qu'il déposa près de la tasse de la soucoupe et de la pipe.

— Astucieux ! dit Heidi heurtant des phalanges contre le pot pour le faire résonner. De songer à prendre ça. Avec la neige qui tombe.

— Voilà. L'instant de Salomon. Examinons notre douteux auteur.

Des deux mains le Dr Eklund saisit l'amphore de cuivre et l'éleva au-dessus de la table. Ainsi s'élevait-elle, à vitesse convenable et régulière — torpille, baleine à la bouche grande ouverte, calice. A mi-hauteur il la fit basculer, jusqu'à ce que l'embouchure se retrouve en dessous, vomissant le désordre et le chaos : une averse d'ailes blanches et loqueteuses, une armada confuse de voiles blanches. Cent feuillets tourbillonnèrent — froissés, tachés, criblés, vieillis. Ce qui avait jonché l'édredon de Lars ce matin-là dégringolait de la jarre d'Ali Baba.

— Astucieux ! dit encore Heidi. Pour tout garder au sec !

Le Dr Eklund déposa dans un grand fracas métallique l'amphore vidée. Elle heurta le plancher avec la note réverbérée d'une cymbale, et roula sur le flanc en direction des pieds du Dr Eklund. On voyait bien que le Dr Eklund — sorcellerie ! — avait aussitôt compris que faire de ce vaisseau singulier. Il avait vu qu'il était là pour être basculé cul par-dessus tête et vidé.

Lars reporta les yeux sur Adela. Elle avait bougé pour aller s'accroupir près du Dr Eklund — elle ramassait les feuillets fugitifs qui avaient chu sur le plancher. Elle les ramassait pour les déposer sur la table, avec les autres. L'écriture blessée — enfouie, battue, meurtrie, noyée. Elle souleva chaque page égarée, l'une après l'autre. Elle les avait apportées à la boutique de Heidi dans cette haute coupe de métal semblable à un trophée ; Hébé qui porte la coupe, messagère, estafette. Il ne la connaissait qu'ainsi. Il voulut crier : Ulrika, Birgitta ! Non pas une, mais deux épouses ! Et une enfant, perdue, volée ! Lui-même désormais n'ayant plus la boîte de couleurs. L'ultime trace expurgée. Effacée. Et Adela ? Avait-elle eu une vie avant les sacs et les jarres ? Une femme de son âge, grisonnante comme lui. Elle n'était pas sa sœur ; il n'avait pas de sœur, il n'avait pas de père, il n'avait pas la moindre indication de ce qu'avait pu être le nom de sa mère. Il s'était nommé lui-même, en secret, Lazarus Baruch. Qui aurait pu lui dire de faire autrement, qui lui disputer ces jumelages, ces tissages de liens entremêlés ? Et, par l'intermédiaire du dictionnaire, de la divination et de déplacements cabalistiques : Lars Andemening. Qui était là pour l'en empêcher ? Il avait la terrifiante liberté de choix de l'orphelin. Il pourrait devenir tout ce qui lui chantait ; nul ne pourrait l'interdire, il pouvait choisir sa propre histoire. Il pouvait choisir et il pouvait renoncer. Il était horriblement, horriblement libre.

Et elle ? Adela ? Y avait-il un époux derrière la scène ? Avait-elle laissé un sillage de quelque nature ? Avait-elle un enfant ? Un père ?

Le Dr Eklund ne se hâtait pas. Sa loupe s'attardait sans pitié. Il semblait étudier un mot à la fois ; ou encore une lettre d'un mot. De nouveau il farfouilla à l'intérieur de la poche de son gilet. Un document contenu dans une enveloppe. Il comparait les boucles d'encre du document avec les boucles d'encre — brisées, battues, cachées — qui s'étaient écoulées de l'amphore de cuivre.

— Cela revient, dit le Dr Eklund. Observez comme c'est récurrent. L'éperon révélateur. Ce crochet omniprésent. Une crosse de berger. Ou d'évêque.

— Le Dr Eklund, dit Heidi, est un expert en documents holographes, il fait autorité. Dans le monde entier. On l'appelle de partout pour des expertises. Il voyage dans toute l'Europe. Il est allé en Amérique du Sud. On fait appel à lui aux quatre coins du monde.

Le Dr Eklund tendit la main vers sa pipe, la glissa entre ses lèvres, et suçota.

— Bientôt nous tomberons, dit-il, sur la vérité.

Une lamentation se libéra en Lars. Le singe fœtal qui vivait à côté de ses viscères les plus profonds s'éveilla d'un coup ; il remua.

— La vérité ! dit-il. Médisance, c'est pure médisance ! Avec une écolière, sa propre élève ! Comme si un tel homme — je dis bien un tel homme — pouvait copuler avec une enfant !

Le Dr Eklund se mit à fredonner un bref fragment murmuré. Heidi ôta ses pantoufles et les rangea côte à côte sous la jonquille puis se glissa sur sa couchette : son visage avait épaissi, ses paupières avaient épaissi.

— Vous devriez attendre le verdict, murmura-t-elle.

— Il n'y a pas de verdict. Il y a seulement ce qui est réellement là, dit Adela depuis le plancher.

La loupe s'attardait ; s'aventurait à gauche, s'aventurait à droite. Le Dr Eklund continuait à fredonner — deux mesures et un silence ; trois mesures et un silence. Ces bribes suggéraient quelque chose à mi-chemin de la berceuse et du chant de matelot ; elles rendaient Lars vaguement rétif et ombrageux. Sa petite peur — il se souvenait. Elle revenait goutte à goutte, vieille, inexplicable, reconnaissable. Et c'était le Dr Eklund qui la provoquait, la titillait pour la ramener à la vie : le Dr Eklund avec ses doigts de pirate et leurs bagues étincelantes, pinçant page après page du *Messie* perdu, et la grosse loupe qui tournait par-dessus.

— Il n'y a pas de question. Pas du tout, trancha le Dr Eklund. Observez, observez. Les majuscules. Aussi caractérisées qu'une empreinte digitale. Vous ne trouverez pas un autre *W* au monde semblable à celui de ce type. Pas un autre *T*. Ce que nous avons ici — il brandit la loupe dans les airs comme une crosse d'évêque — est parfaitement véritable. Authentique, je le garantis. Ce manuscrit est ce pourquoi il se donne. Je n'en doute pas. Je suis prêt à tout miser là-dessus. C'est l'original.

Heidi, ensommeillée, les fils de ses couettes blanches se défaisant comme la fumée de la pipe du Dr Eklund, ronronna languissamment depuis sa couchette :

— Un faux. Ce pourrait être un très bon faux. Olle, tu sais bien ce dont un bon faussaire est capable, et elle ferma les yeux.

Adela était assise comme une poupée, à trente centimètres de l'amphore de cuivre, immobile, ramassée contre le pied de la table. *Adela s'est endormie, la bouche entrouverte, le visage détendu et absent ; mais ses paupières closes sont transparentes, et sur leur mince parchemin la nuit est en train d'écrire son pacte avec le démon, moitié texte, moitié image, plein de coups de gomme, de corrections et de gribouillages.*

— Ma petite dame, insista le Dr Eklund, il n'est pas un faussaire en ce bas monde qui soit capable de reproduire ces crosses de berger. Aussi expert soit-il. Pas même le plus inspiré des maîtres, crois-moi ! Voici une lettre, adressée à un certain Tadeusz Breza, rédigée par notre auteur, et voici un feuillet. Un feuillet, hélas ! qui a beaucoup souffert, mais observez. La disposition des lignes est identique. Voyez comme les caractères aux jambages les plus longs respirent à travers une espèce de sporule, exceptionnellement mince et légère. Et ces virgules, dont la queue a été supprimée d'un seul coup ! Qui pourrait imiter un pareil maniérisme ? Une retranscription graphique du système nerveux. La façon de faire détournée des nerfs eux-mêmes. L'encre est très voisine. Le papier, sans être identique, est très proche. De cette période, sans doute manufacturé à Varsovie, peut-être à Lvov...

Adela ne bougea pas. Heidi ne bougea pas. Ces femmes étaient apathiques, léthargiques, c'était probablement ce à quoi elles s'étaient attendues, elles le savaient depuis le début, elles l'avaient cru depuis le début. Le verdict n'avait fait que les épuiser ; c'était désormais — depuis si longtemps attendu — une espèce de soporifique. Même le Dr Eklund ne semblait guère affecté.

Mais là sur la table était éparpillé *Le Messie*. Récupéré. L'original. *Le Messie*, éparpillé dans son curieux polonais extasié, étalé aux yeux de tous. L'original ! Recouvré, ressuscité, racheté. Lars qui regardait de toutes ses forces sentit sa propre pupille ordinaire consumée par une conflagration à l'intérieur de l'orbite. C'était comme de copuler avec un ange dont les ailes seraient en feu.

13

Par la suite — après que les lettres se furent calcinées et réduites en copeaux de cendres — Lars regretta toujours ce besoin animal qui l'avait jeté à travers les pages embrouillées du *Messie*. Le Dr Eklund ne vit nul inconvénient à se concentrer sur sa pipe tandis que Lars dévorait cet entassement de feuillets en ruine. Les deux femmes — Heidi hébétée sur sa couchette, Adela reposant sur le plancher — semblaient provisoirement abolies. Elles attendaient. On ne les entendait pas respirer. A croire qu'elles avaient renoncé à l'oxygène ; ou encore qu'elles avaient refoulé leur prédilection pour lui.

Entre-temps Lars tomba dans le texte avec la force d'un homme qui se jette contre un mur de verre. Il le traversa et, une fois de l'autre côté, qu'y trouva-t-il ? Des arches baroques et des niches, les chemins de traverse bordés de haies entremêlées d'un langage si incisé, si saignant —

un effleurement risquait de déclencher une centaine de lames tranchantes — qu'il pouvait attraper le voyageur en n'importe quel point du chemin du coup de tel ou tel poignard, de telle ou telle pointe. Lars ne chercha ni à résister ni à se cacher, il permit à sa chair de se déchirer. Rien ne le retint, rien ne le ralentit. La terrible vitesse de sa faim, mastiquant malgré crochets et lames, langues et voix, du vrai *Messie* ! Rapacité, gloutonnerie !

Par la suite Lars se rappela toujours la montée de ses lamentations. A croire qu'il avait accumulé le remords pendant tout le temps de son vol de passage en passage. Il ne pouvait contenir ce qu'il rencontrait, il ne pouvait le conserver. L'amnésie tomba avec l'opacité d'un capuchon rabattu. Ce qu'il prenait il le perdait. Et il souffrit instantanément parce qu'il ne pouvait le conserver.

Adela n'était pas là. La servante, sinistre, insaisissable, brutale, qui hantait les couloirs et les greniers, dans les *Boutiques de cannelle,* dans *Sanatorium* — elle n'était nulle part dans *Le Messie.* Cela rendit Lars heureux : c'était une vengeance contre l'importance que se donnait l'Adela de la vie qui s'appuyait comme un pantin contre le pied de la table. *Le Messie* avait annihilé son nom.

N'empêche, ce qu'Adela lui avait dit était vrai : l'ordre des pages n'avait pas d'importance. Les pauvres feuillets en lambeaux étaient paginés au hasard, certains pas numérotés du tout, et les remous de tel ou tel s'épanchaient dans tel autre, il y avait des séquences et des conséquences, des parallèles et des paradoxes, de quelque manière qu'on les mêlât. Lars songeait à ces chaînes de montagnes qui surgissent du chiasme du monde, au plus profond des fonds marins, si platoniquement sombres et abyssaux que même les fuyants poissons aveugles s'en écartent, vers de plus hautes eaux — mais à l'intérieur de ce crachoir d'abîme renversé des fleuves se croisent, des tourbillons tordent leur nuque écumante, de multiples courants se tressent vers le haut, des cascades se hérissent de capillarités, et un millier de cataractes et d'embruns bombardent les pics du paysage océanique. C'était ainsi qu'on pouvait comprendre l'ordre, la numérotation et les schémas de succession du *Messie* : tout s'y chevauchait volumineusement, tout y était simultané et multiforme.

Mais cette compréhension ne s'appliquait qu'à la conscience d'un système. *Le Messie* était une étendue sans eau. Pas de nuage, pas de brume, pas de brouillard, pas de puits ni de seau ; pas d'océan ni de gouttelettes ; rien qui ruisselle, dégoutte ou dégouline. Nul ichor, divin ou pas, d'aucune sorte. C'était de part en part la sécheresse du désert. Y manquait tout autant la moindre poussière céleste — pas de planète, ni d'étoile, pas de galaxie, pas de firmament, pas de bleu, pas d'infini

— et c'était étrange, parce que *Le Messie*, pour autant qu'on pouvait décider qu'il avait un « sujet » (et Lars, amnésique, en oublia après coup la quasi-totalité), avait pour sujet la création et la rédemption. C'était une œuvre de cosmogonie et d'entéléchie. Comme tout ce qu'avait déversé d'autre la corne d'abondance surnaturelle : l'œil du génie que Lars le matin encore rêvait son père, *Le Messie* possédait son « emplacement », son lieu, son centimètre, son bout de terrain minuscule. L'univers du *Messie* était Drohobycz, ville de Galicie.

Adela n'y était pas. Pourtant ce n'était pas tout à fait exact de dire qu'Adela n'y était pas. Elle était là, mais pas vivante, et innommée. Elle apparaissait d'abord sous la forme d'une poupée de chiffon chauve abandonnée sur une étagère — le crâne, toutefois, était de porcelaine, et les paupières s'ouvraient et se fermaient. A une autre page cette même poupée flexible était transmuée en être rigide : un mannequin de tailleur, toile sur une forme de fil de fer. Ailleurs elle devenait l'une de ces statues mésopotamiennes de prêtre que l'on taille dans la pierre pour et seulement pour leur terrifiant sourire. Pour finir Lars comprit qu'elle était devenue, en toute pureté d'intention, une idole. Ses yeux étaient de classiques joyaux verts. Cette idole, faite de quelque matière artificielle inerte, n'était jamais nommée Adela et ne donnait jamais le moindre signe d'être Adela. Bien que

Lars ne pût soutenir qu'Adela était où que ce fût dans le texte, il ne l'en reconnut pas moins.

Drohobycz était désormais entièrement peuplé (mais ce mot n'était pas adéquat) par des idoles. Il y avait de replets bouddhas dans la position du lotus, incapables de marcher ou de se mouvoir. Ils étaient portés sur des litières par des figurines égyptiennes miniatures, plusieurs dizaines par litière. D'autres étaient de gigantesques têtes de l'île de Pâques. Une autre encore était Akhenaton le monolâtre, avec son visage et ses membres déformés par la maladie, élevé lui-même au rang d'idole. Un grand nombre revêtaient la forme de gros oiseaux de pierre — faucons, aigles, vautours, éperviers, gigantesques corbeaux taillés dans le marbre noir. Chacune de ces idoles était considérée comme une grande et puissante divinité capable de maîtriser le présent et l'avenir de Drohobycz et particulièrement son passé. Il y en avait une plutôt modeste — elle avait les traits du propriétaire d'une mercerie — qui était capable de modifier les cent dernières années de l'histoire de Drohobycz en manipulant simplement certaines séries de boutons de pantalon adroitement cousus dans le revers de son caftan.

Il ne restait pas d'être humain à Drohobycz ; seulement des centaines et des centaines d'idoles. Quelques-unes étaient d'une grossièreté dérisoire et très mal faites, mais la plupart représentaient le labeur inspiré d'une armée d'artisans ingénieux et il y avait même une poignée de chefs-d'œuvre. Les rues et les boutiques étaient bondées et grouillantes de tous ces remarquables totems de bois, de terre cuite, d'argent et d'or. Comme il n'y avait pas d'être humain pour les adorer, il régnait une certaine confusion quant à leur destination. Les plus mal assurées d'entre elles entreprenaient en conséquence d'adorer les plus agressives ; mais au début cela n'était pas très répandu. Chacune était accoutumée à être considérée comme sublime, chacune s'attendait à tout moment à découvrir une femme à genoux, un enfant apportant une corbeille d'offrandes, des hommes en habits sacerdotaux brûlant de l'encens, ou sacrifiant un bélier, voire un autre être humain ; mais il ne restait plus d'êtres humains nulle part à Drohobycz. Ils étaient tous partis pour de longs et fatigants voyages vers d'autres villes. Tous ceux qui avaient été boutiquiers, par exemple, étaient en visite chez leurs cousins, boutiquiers à Varsovie et à Budapest. Les profeseurs de lycée visitaient les musées parisiens. Plusieurs candidates aux fiançailles se languissaient à Londres. Le reste de la population était diversement dispersé, et aurait pu être rassemblé, si besoin était, à Prague ou Stockholm, ou Moscou, ou même aussi loin que New York, Montréal et Tel Aviv.

Les idoles de Drohobycz étaient relativement passives et n'auraient jamais eu l'idée de rassembler leurs adorateurs. Nulle d'entre elles ne s'avisa jamais de faire autre chose que d'aller errer dans le parc de la ville et d'en ressortir, de traîner dans les boutiques vides et d'attendre. A croire que tous les anciens habitants de Drohobycz s'étaient convertis à l'athéisme et avaient fui. La religion s'était asséchée dans les églises aussi bien qu'à la poste et dans les écoles et à la bibliothèque publique. Et c'était dommage, parce que jamais encore les idoles n'avaient été aussi joliment vernies, peintes et décorées qu'elles ne le furent pendant leur séjour à Drohobycz. Elles étaient, à vrai dire, presque trop ravissantes, trop séduisantes — ce qui constitue probablement la raison pour laquelle elles se mirent à s'incliner les unes devant les autres et même, à la longue, à sacrifier les unes aux autres.

De plus en plus souvent on voyait s'allumer des bûchers sacrificiels à travers tout Drohobycz. Les idoles les plus grandes et les plus vigoureuses se mirent à s'emparer des plus petites et des moins importantes pour les jeter dans les flammes. Des divinités au torse brillant, et en particulier les petites déesses du Proche-Orient, avec leur fragile poitrine en bouton et leurs colliers faits de petits éclats de miroir de cuivre poli attachés en guirlande à des lanières de serpent, à l'occasion même une exquise copie de Vénus miniature pas plus grande que le doigt, étaient mises en morceaux ou fondues pour le plus grand plaisir des mâchoires d'acier de quelque immense moloch indolent. Jour et nuit les tourbillons melliflues de l'encens brûlant et le fumet âcre du métal roussi tournaient au-dessus de Drohobycz.

La ville était en feu, les idoles brûlant les idoles dans une frénésie d'adoration mutuelle.

Alors — tout naturellement, sans fanfare — le Messie arriva. (Et tomba presque immédiatement en morceaux.)

— Qui était... non. On n'aurait pu ajouter « il » ni « elle » à cette question, la description du Messie ne justifiant ni l'un ni l'autre. Pourtant, il faudra se contenter du neutre. Le Messie était vivant, organique, palpitant d'un mouvement et d'une angoisse déchaînés — et pas comme un robot, ni comme une machine. A croire qu'un viscère essentiel avait entrepris de vivre pour et par lui-même dans le monde — une rate, disons, ou un pancréas, un intestin, ou un cerveau. Mais cela seulement en manière d'indication, de suggestion, non d'analogie ni d'exemple. L'origine du Messie — ou, du moins, le nid dont la rumeur disait qu'il était sorti — était la cave, qui l'eût cru ? de la synagogue de Drohobycz. Un très vieil homme y avait autrefois vécu aussi longtemps qu'il était possible de se souvenir. Des générations avaient su que Moïse le Juste, comme on l'appelait, dormait sur la gigantesque meule de foin qui était à la fois sa marchandise et son échoppe. C'était un marchand de foin et aussi un saint célèbre. Les mendiants défilaient dans sa caverne, et il les renvoyait après leur avoir donné tout ce qu'il avait dans les poches. Par la suite la cave était, évidemment, restée vide.

Les idoles croyaient que le foin de Moïse le Juste entrait on ne sait comment en rembourrage dans la composition la plus intime du Messie, comme un épouvantail. C'était faux. Plus qu'à toute autre chose, le Messie (remarqua Lars) ressemblait à un livre — Le Livre qui, en fait, dans un des récits de *Sanatorium pod Klepsydra* avait été comparé à un *gigantesque chou rose : les pétales, un par un, paupière sous paupière, toutes aveugles, veloutées et rêveuses.* Ce livre avait aussi été présenté comme un *postulat ;* et de nouveau comme *le livre authentique. L'original sacré aussi dégradé et humilié qu'il fût à présent.* En apparence il semblait avoir été composé de divers matériaux inanimés et banals, nul d'entre eux n'étant coûteux ni autrement précieux — coton, carton, colle, fil, et pas un brin de foin où que ce soit. Sa locomotion était vaguement effrayante, mais aussi claudicante et limitée : il avait plusieurs centaines de voiles en forme d'ailes qui s'agitaient dans le sens ou dans le sens contraire des aiguilles d'une montre, comme les ailes d'un moulin. Mais ces nombreuses ailes étaient, plutôt, plus proches de nageoires — toutes plates, parsemées de taches d'encre et évoquant, sans contredit, le mouvement des pages tournées. Les nageoires possédaient toutefois la texture humide de pétales et leurs singuliers tatouages faisaient certainement songer à quelque postulat enregistré en quelque signification archaïque — une manière de cunéiforme, peut-être, quoi qu'il fût impossible de dire ce que ce texte illisible pouvait bien proposer comme thèse ou comme axiome. Examinées avec une extrême attention, mieux encore, scrutées à la loupe (une affirmation de l'auteur, puisqu'il n'y avait pas sur les lieux d'être humain pour le faire), les taches d'encre se révélaient de très minuscules dessins brillamment travaillés de ces mêmes idoles qui s'étaient emparées de la ville de Drohobycz. Il était désormais évident que Drohobycz avait été envahie par les caractères d'un alphabet inconnu.

Pendant tout ce temps la structure elle-même, ses nageoires tachetées ne cessant de tourner, émettant un grand vent hululant, craquait de toute son ancienneté, près de se briser, de s'effondrer ou simplement de voler en morceaux — quand, surgissant du chaudron de ce grand vent, un petit oiseau s'essora soudain, il portait dans son bec un brin unique de foin séché.

C'était une naissance. Le Messie avait donné naissance à un oiseau, et à l'instant où l'oiseau s'envola vivant de l'engin perpétuellement tournoyant qui avait été le Messie, cette chose — ou cet organisme — s'affaissa avec le bruit de vastes broyages et triturations, carton comme pierre, coton comme os, pétale de granit contre insolent postulat : dégradé et humilié. Le vif oiselet, en son labeur, voleta d'idole en idole, tirant sur les muscles fragiles de ses ailes, effleurant chaque idole de son brin de foin. Alors s'éleva de Drohobycz le bruit d'une lamentation et d'une élégie, tandis que les bûchers s'éteignaient et que les idoles se dissolvaient en étincelles sous l'effet de la minuscule baguette magique de foin agitée ici et là par le pauvre oiselet voletant, jusqu'à ce que la ville fût déserte, rues vides, boutiques vides et maisons vides, et que les gerbes d'étincelles s'estompassent en cendres.

Les êtres humains — disparus ; les idoles — disparues ; rien que ce petit oiseau palpitant né d'un organisme nommé le Messie, et de vagues vagissements qui s'éteignaient peu à peu...

14

Il y avait, Lars le vit, un mensonge dans la pièce.

— Vous n'étiez pas venu chercher un traducteur, dit-il à Adela. Ce n'était pas ça. Même si j'avais pu.

— Même si vous aviez pu.

Le Dr Eklund s'affairait à rassembler les pages du *Messie*. Il tendit son bras massif de capitaine au long cours vers le plancher pour y prendre l'amphore de cuivre ; sa manche, se balançant d'elle-même, assena une gifle rapide sur l'oreille d'Adela.

— Vous voyez ? C'est bien ça, mademoiselle. Dans mon jugement, il n'y a aucun doute, et je le répète — aucun. La main de l'artiste.

— La main, fit Heidi en écho, de l'artiste.

Lars eut l'impression de se trouver dans la cuisine du château de la Belle au bois dormant, quand la transe est rompue et que toutes les casseroles se remettent à bouillir. On aurait dit que Heidi s'était remise à fonctionner sous l'action d'un interrupteur. Et qu'était-ce, après tout, qui avait mis ces femmes en transe ?

Adela — tirée en sursaut de sa somnolence — avait arraché les feuillets au Dr Eklund et les fourrait, par paquets, dans l'amphore de cuivre.

— Non, ma chère, pas comme ça. Vous manipulez mal quelque chose d'une extrême valeur...

— D'une immense valeur. Immense, immense, dit Heidi.

— Ne me dites pas ça à moi qui l'ai trouvé ! C'est à moi qu'il appartient. Je suis la fille de l'homme qui l'a écrit.

Heidi lança son rire de chien.

— Les papiers de cet homme appartiennent au monde, dit le Dr Eklund.

— Lui — Adela tira son trait contre Lars — il a dit qu'il lui appartenait à lui.

— S'il vous plaît, pas de rancœur. La question est : que faut-il faire ? Une décision, oui ! Nous devons prendre une décision.

Ainsi le Dr Eklund avait lui aussi un « nous ».

— Je suis en dehors de tout ça, dit Lars.

— Oh non, vous êtes dedans. Vous êtes indiscutablement dedans, Lars, rétorqua Heidi. Voyez comme vous êtes impliqué !

— S'il a gardé ma clé, dit le Dr Eklund.

— S'il a gardé mon chapeau, dit Adela.

Comme leurs deux voix étaient semblables ! Lars railla :

— Elle, elle a dit qu'elle cherchait un traducteur.

— La traduction est ce qu'il y a de moins important dans l'affaire, dit Heidi. Stockholm grouille de traducteurs de polonais.

— La princesse.

— Mieux que ça.

— Alors le Dr Eklund.

— Je vous l'ai dit, il y a des choses plus importantes.

Allumettes craquées l'une après l'autre ; le Dr Eklund s'occupait de nouveau de sa pipe.

— Cette œuvre, proclama-t-il, vivra et entrera dans tous les langages de la planète.

— La planète ? dit Heidi. Mets la planète de côté, Olle, et songe à Stockholm.

— Oui, commencez avec Stockholm, dit Adela.

Le Dr Eklund répondit :

— Ma chère Adela — Adela ? C'est bien Adela ?

— Adela, dit Heidi.

— Il ne fait aucun doute que vous nous apportiez ce manuscrit avec une histoire correspondante. Un récit, oui ? Ce garçon n'y croit pas, je le vois bien. Il ne fait aucun doute qu'il y ait un récit, et pourquoi ne le croirions-nous pas ? Pas de manuscrit senza una histoire, oui ? Et celui-ci en particulier. Si vous me racontiez l'histoire, je vous promets que je la croirais. Mais quel que soit le récit, quelle que soit l'histoire, quel que soit votre attachement ou votre dévouement...

— Elle dit qu'elle est la fille, fit remarquer Heidi, détachée.

— ... l'heure est venue de nous les confier.

— Voyez Lars ! Il nous a tout confié, lui, dit Heidi, il a renoncé à tout.

— Pour l'amour du monde, dit le Dr Eklund — avec un grand geste de cabotin.

— Pour l'amour du monde ! dit Adela. Il dit n'importe quoi. Il a reconnu être un menteur. Il a bien fallu, il n'avait plus aucun point d'appui. Et quand je lui ai dit comment je m'étais procuré le manuscrit — bon, il s'est effondré, c'est tout. Il ne pouvait pas faire autrement.

Tout cela était vrai ; Lars se taisait.

— Pauvre Lars, dit Heidi. Mais elle n'était pas en train de le défendre. Mais maintenant qu'on vous l'a fait voir ?

Et elle attendit.

Elle attendait ; Lars comprit pourquoi. Elle souhaitait que lui — dans le sillage de son grand souhait — dise ce qu'il pensait. Son grand souhait avait été exaucé. Il avait envahi les bureaux du *Messie*. Heidi plus que quiconque — non ; Heidi seule, seulement Heidi ! — connaissait la fournaise secrète de sa volonté ; elle l'avait appelée sa concentration, sa manie. Elle était la vieille partenaire de son désir ; de son intuition. Elle seule pouvait commencer d'entrevoir ce que cela devait être pour lui d'inonder ses yeux de ce texte — de ce texte-là — de la chose elle-même, des mots, des syllabes, des lettres ! L'image des lettres persistait à la dérive sur ses rétines. Mais il ne pouvait absorber ces figurines — c'était comme si le polonais lui avait échappé. Perdu. Qu'y avait-il dans *Le Messie* ? Perdu ! Les copeaux du rêve.

C'était presque comme s'il était tombé par hasard sur le rêve d'un autre. De qui ? Était-ce celui d'Adela ? De Heidi ? Ces femmes en transe : il avait rêvé leur rêve. Il ne se rappelait pas ce qu'il avait déchiffré cinq minutes plus tôt. Perplexité. Des amulettes, un engin, un oiseau… fragments de quelque insubstantialité errante, restes folkloriques, un moment d'anoxie peut-être. Cela s'était retiré, quoi que cela ait pu être — il n'avait rien retenu, rien ne s'attardait en arrière : sinon l'infime tremblement de quelque force acharnée. Muette empreinte du bruit — de la chute d'une ville, de son écroulement, de ses propres gémissements, de ses lamentations sans relâche. Bruit de coups de feu, amnésie. Perdu. Rien ne restait.

Les lamentations restaient. L'élégie après la grande douleur. Cette lumière pillarde et récessive, explosion-éclair. Comme si — sur quelque centimètres de temps — il avait pénétré dans les entrailles, l'anatomie la plus profonde de cet œil. Celui, qui qu'il fût, qui avait plongé sa plume dans l'encre qui couvrait les pages du *Messie*, l'avait plongé au cœur de la gelée vitreuse de cet œil suffisant.

Le Dr Eklund leva la main. Ses bagues étincelèrent de leur éclat de coffre de pirates.

— Ce qui est nécessaire, ce que nous devons décider avant toute chose, c'est la divulgation, vous voyez ? L'annonce.

— Il faut que les gens soient amenés à le croire. Personne ne va le croire, voilà le hic, dit Heidi.

Le Dr Eklund brillait : ses doigts, ses boutons, sa calvitie, son gros visage luisant, ses verres de lunettes.

— La bonne nouvelle doit être répandue. Que *Le Messie* est ici. Qu'il a été découvert. Retrouvé. Qu'il existe.

— Il faut dire aux gens qu'il existe, le leur dire, pressa Heidi. Si l'on n'y croit pas, autant qu'il n'existe pas.

— On dirait Dieu, dit Lars.

Il était abasourdi. Il y avait un mensonge dans la pièce — une espèce d'embrouillamini, un jeu des figures de ficelle devenu fou, et les bagues et les lunettes scintillantes du Dr Eklund empêtrées dans la ficelle. Lars n'aurait pu dire si les nœuds étaient en train d'empirer ou de se défaire. Devant lui Adela s'était dressée, l'amphore de cuivre dans les bras ; *Le Messie* était dedans. Cela le faisait songer à une momie dans une caisse, ou à un bébé tout rond.

Il la regarda faire le tour de l'espace exigu de

l'arrière-boutique avec son fardeau. Le Dr Eklund avait tenté de l'y faire renoncer. Heidi l'avait tenté. Elle refusait ne fût-ce que de le poser à terre.

— Il faut le livrer au monde ! dit-elle. Oh oui ! Sinon, comment le monde saura-t-il ? Qui le croira ?

Lars fut troublé qu'Adela ne dît que ce que les autres disaient. Même lorsqu'elle leur résistait, elle se servait des paroles de Heidi. Elle se servait de celles du Dr Eklund.

— Vous, vous y croyez. C'est par vous qu'il faut commencer, lui dit Heidi. Après tout, n'avons-nous pas commencé par vous ? Vous étiez venue vous faire une idée par vous-même. Vous étiez venue consulter. On peut refiler n'importe quoi à n'importe qui pour peu qu'on ait une histoire qui se tienne.

— Ma chère amie, ce chef-d'œuvre ? Ce beau texte d'un génie, cet art sacré ? Il ne pourrait pas plus passer pour apocryphe que — le Dr Eklund expédia son regard en forme de coup de sonde droit jusqu'à Lars — que le vrai Créateur de l'Univers pourrait passer pour l'idée d'un philosophe.

— Tout de même, dit Heidi, il faut obliger les gens à le croire.

Lars hésita ; il réfléchissait.

— Je le leur ai dit, au *Morgontörn,* finit-il par déclarer. J'en ai parlé là-bas.

— Aha ! bravo ! s'écria le Dr Eklund.

Adela dit avec aigreur :

— C'était prématuré.

Heidi demanda :

— Vous en avez parlé à votre journal ? Du *Messie* ?

— J'ai dit qu'on l'avait trouvé.

— Et vous ne saviez pas...

— Je l'ai dit quand même. Je l'ai dit à Nilsson il dirige la rubrique Livres.

— Et qu'a-t-il dit ?

— Il ne m'a pas cru. Personne ne m'a cru. Je ne le croyais pas moi-même à ce moment-là. C'était une sorte de rêve éveillé.

— Vous voyez bien qu'il est prêt à dire n'importe quoi à n'importe qui, dit Adela.

— Mais maintenant ! Lars ! Vous avez vu. Vous avez pu le voir de vos propres yeux. L'original, *nicht wahr* ? Le voici, à l'abri dans une jarre. Dans une jarre, Dieu nous protège. Comme un de ces trucs de la mer Morte...

— Celles-là étaient en argile. Il faut bien que je protège ce qui m'appartient, dit Adela.

— Toute votre vie vous avez attendu ça. Vous avez tenu bon.

Heidi tendit sa tête semblable à celle d'un mouton. Il vit comme elle était vieille et convaincue — en plein déclin, implorante, blessée. Cette clôture. La fusillade. Elle voulait lui faire dire ce qu'il pensait.

— *Le Messie* existe, vous l'avez intégré. Désormais il est en votre pouvoir.

— Mon pouvoir ? Je n'en ai aucun.

Comme elle était inepte : *Le Messie* était au pouvoir d'Adela, ou, du moins, entre ses bras. Quant à lui, il en avait intégré effectivement quelque chose, une part, oui — quelque chose de trop rapide, avec un peu trop de chaleur — comme un homme à demi aveuglé, qui distingue seulement la lumière plate, et non les caractères sur la page. Ou encore il l'avait avalé comme un prêtre, le prêtre de quelque secte passionnée, pour qui l'écriture est subordonnée à l'heure d'accès au sacré. Le respect, la terreur religieuse consument tous les brandons qui les ont allumés : était-ce le vrai *Messie* qu'il avait intégré, ou seulement la caravane de sa ménagerie privée s'étirant à travers sa pauvre cervelle enfiévrée pendant la nuit de la Walpurgis ?

— Il est entre vos mains. L'auteur du *Messie*.

— Je vous l'ai dit, j'abandonne. J'ai fini. Il n'est pas à moi. Je ne puis me raccrocher à lui. Mes mains, dit-il, les retournant pour lui montrer ses paumes blanches, sont vides.

— Non, non, réfléchissez ! Songez aux moyens qui sont les vôtres.

— Vous avez cette rubrique, dit abruptement Adela. Vous rédigez vos critiques. Vous avez le lundi.

— Vous pouvez le leur faire savoir, dit le

Dr Eklund. Vous pouvez faire une révélation stupéfiante. Vous pouvez expliquer.

— Vous pouvez être utile, dit Heidi. Si vous vous montrez assez rusé. Si vous voulez rendre au monde ce qui appartient au monde. Si vous y croyez vous-même.

Le monde, le monde — voilà que tous les trois ils parlaient du monde. Quels phraseurs ! Ils en étaient fous du monde. Ils lui réservaient une surprise, au monde. Le monde les mettait parfaitement d'accord. Lars, au plus neuf de son ébahissement, sentit combien il s'en émerveillait : la queue sulfureuse de quelque unanimité sous-jacente. A quoi se rattachait-elle ?

Les allumettes du Dr Eklund — le même craquement écrasé d'étincelle en étincelle, chaque allumette en concert avec chaque autre, toutes destinées à allumer un feu récalcitrant dans la pipe du grand homme.

Coup de gong bref et tranchant. Adela avait enfin déposé l'amphore de cuivre.

— Vous pouvez prendre le manuscrit si vous voulez, offrit-elle.

C'était la voix de scène du Dr Eklund dans ce qu'elle avait de plus cru — avant même sa traduction. Pour le montrer. Qu'il existe. La traduction c'est le moins... vous pouvez le montrer à votre journal si vous voulez.

Comme il aurait aimé la descendre d'un coup de poing !

— Elle est prête à vous le confier, maintenant, vous savez, dit le Dr Eklund, approbateur.

— Il n'y a aucun doute qu'elle va vous le confier. Vous êtes l'homme de la situation.

La toile d'araignée de Heidi se défaisait de plus en plus — elle glissait de la tentative d'apaisement à l'importunité pure et simple.

— C'est exactement ce que disait le Dr Eklund — vous êtes le seul à Stockholm qui puisse. Vous avez la réputation qu'il faut. C'est ce à quoi s'attendent les gens — vous êtes un découvreur, vous pavez le chemin. Un initiateur — vous êtes le seul qui s'y risque, le seul que ça intéresse. Vous avez importé toutes ces créatures difficiles — tous ces gens d'Europe centrale que l'on s'est toujours procuré sur commande ! Ces Tchèques et ces Polonais ! Ces Yougoslaves et ces Hongrois ! Vous avez contraint tout le monde à les remarquer. MM. Hemlig et Fiskyngel par exemple — ils comptent sur vous pour les alerter. Vous les réveillez. Vous les secouez. Vous les contraignez à voir, oui voir.

C'était une allocution, elle déclamait — sa bouche était tumultueuse : le désordre de ces dents en or de vieille femme. Elle l'implorait. Il y avait quelque chose à quoi on le destinait. Un tremblement s'était emparé des narines de Heidi.

Le Dr Eklund, pendant ce temps-là, hochait son gros visage du haut en bas, l'aidant à poursuivre sa route comme un véritable bâton de marche humain.

— Des créatures difficiles ! dit-il avec admiration, vous étiez né pour le faire, M. Andemening. Je vous accorde que c'est insaisissable — quelle œuvre d'art ne l'est pas ? Mais vous l'avez absorbé ; nous vous avons permis de l'absorber. Vous avez bénéficié de notre silence. Et ce qu'il nous faut de vous maintenant c'est un ou deux mots. Un jugement. Est-ce que cela en vaut la peine ? Est-ce beau ? Prendrez-vous sa défense ? Nous avons besoin que vous vous exprimiez.

— Nous avons besoin de votre rubrique, dit Adela.

Adela avait-elle son « nous » ? Ils avaient tous les trois un « nous » — le même. Ils abondaient. Ils formaient une cabale ; une famille. Sa rubrique ! Ses lundis séquestrés que personne ne lisait — elle se moquait de lui. Pourtant il comprit qu'il n'en était rien. Il lui vint — incomplètement, lentement, stupidement — qu'ils étaient tous les trois dans quelque alliance logique : ils avaient un principe commun. De toute évidence ils le destinaient, lui, à quelque chose. Il était la pipe qu'ils essayaient tous trois de rallumer. Ce qui couvait sous la cendre en ce lieu n'était pas tant un mensonge qu'une latence. C'était l'idée qui n'appartenait qu'à eux. Ce qu'ils voulaient de lui, c'était son jour de la semaine. Le lundi était toute la raison pour qu'il se tînt là où il se tenait. Il se tenait à trente centimètres de la petite table de l'arrière-boutique de Heidi — sur laquelle Adela, avec les sonnailles d'un lourd sac de doublons, avait une demi-minute auparavant déposé *Le Messie* dans son vaisseau de cuivre. Pour l'amour du lundi il s'était vu remettre la clé du Dr Eklund. Pour l'amour du lundi Adela avait envahi son appartement. Pour l'amour du lundi on l'avait fait aller et venir, et puis demeurer.

Il voyait tout avec exactitude. Ils avaient tout fait pour l'amener à croire que *Le Messie* était faux afin de le persuader qu'il était authentique. Ils lui avaient envoyé Adela avec son histoire, pour ridiculiser le fils frauduleux avec la frauduleuse fille. Une sœur artificielle ! Moquerie familiale. Il était tombé parmi des joueurs ; parmi des conspirateurs.

— Dr Eklund, accusa-t-il — il souffrait comme un coureur — pourquoi dites-vous que vous êtes le Dr Eklund ?

— Il n'est personne d'autre, dit Heidi. Qui d'autre devrait-il être ?

— Quelqu'un qui corresponde au nom.

— Nous autres pauvres errants avec nos accents pitoyables, oui ? dit le Dr Eklund.

— C'est une contrefaçon.

— A Rome, fais comme les Romains.

Le Dr Eklund tirait vainement sur sa pipe, plongé dans la méditation.

— Dans ce pays ils sont si timides avec les

étrangers. Ça marche beaucoup mieux de ne pas contredire les sentiments d'un peuple timide.

— Réfugié imposteur, lança Lars.

— Lars, Lars, implora Heidi.

Le Dr Eklund alluma placidement une autre allumette.

— Un nom est une si petite chose. Un ruban, un modeste fanion. Une décoration inoffensive. Moi qui vous parle, je suis né Eckstein.

Le grand singe dans la poitrine de Lars se réveilla en sursaut avec un frisson électrique et se jeta en travers de la cage de ses côtes. Inoffensif ! Comme il était difficile de respirer, d'inspirer et d'expirer ! Il y eut toutefois illumination. Il vit tout avec exactitude. Il prononça les syllabes choisies par-devers lui : *Lazarus Baruch. Lars Andemening.*

— J'ai fabriqué mon nom. J'ai fabriqué mon père.

Son père dans les bibliothèques, son nom dans les dictionnaires.

— Le Dr Eklund sait tout cela. Vous ne pouvez pas m'en vouloir de lui avoir exposé votre théorie de la paternité. C'est vous qui l'aviez exposée à Adela.

Adela se rendit à ce qui semblait être son devoir :

— Ça ne compte pas pour lui, il dit n'importe quoi.

Mais elle était devenue aussi terne qu'une enfant obéissante.

— L'immersion. La concentration. Ce qu'il a fallu pour revêtir ces vêtements — la montée ! Admirable, trompetta le Dr Eklund. Pour un Alter Eckstein tout ce qu'il y a de plus ordinaire sauter dans Stockholm et se mettre à s'appeler Olle Eklund — rien. Purement et simplement rien. Il n'y fallait aucun culot. Je n'y ai jamais consacré une heure d'inquiétude. Mais vous ! Destinée ! Karma ! Migrations d'une âme passionnée ! M. Andemening, conclut-il, je vais vous dire ce que cela fait de vous. Comprenez-vous ce que cela fait de vous ? Cela fait de vous précisément notre homme.

Heidi intervint :

— A cause du lundi.

— Deux ou trois de ces rubriques, c'est le moyen. Saint espace. Emplissez-le de la nouvelle. Vous y avez fait des choses exaltées. L'élite des doctes sait ce que vous avez fait, n'allez pas croire qu'ils ne s'en sont pas aperçus. Vous avez votre petite clientèle — vous êtes exactement celui qui peut faire que cela se passe.

— Je suis exactement celui qui peut amener *Le Messie.*

Cela sonnait aussi platement que si quelqu'un lui avait demandé l'heure.

— N'est-ce pas ce pourquoi vous avez vécu ? dit Heidi.

— La contrefaçon. J'ai vécu pour la contrefaçon.

— Mais vous avez arrêté. Vous avez abandonné.

— Pas vous. Vous avez dit vous-même que vous n'abandonneriez pas, Mme Eklund.

— C'est une question d'authentification. Nous avons l'original, ici même — vous l'avez vu. Et longuement, vous n'avez pas à vous plaindre. Quant à ce que vous pouvez faire pour lui ! Personne ne le sait mieux que vous. Vous l'avez eu entre les mains.

Sa petite peur intermittente. Il avait les mains brûlantes. Ses dents chauffaient comme des piquets d'une clôture incendiée.

— *Le Messie* est parti pour les camps avec celui qui le gardait.

Lars se secoua : le singe le tenait à la gorge.

— C'est tout ce qui a pu se produire, rien d'autre. *Le Messie* a été brûlé dans ces endroits-là. Derrière ces clôtures, dans ces fours. Il a été brûlé, Mme Eklund, brûlé !

— Vous ne croyez pas le témoignage de vos yeux ! Vous l'avez tenu entre vos mains ! Vous ne croyez pas le Dr Eklund ? Le Dr Eklund s'est débrouillé de ces situations un peu partout, il a effectué ce genre de travail dans des dizaines de pays...

— Débrouillé en effet ! Je vous parie qu'il s'en est débrouillé. Il n'y a pas de fumée sans feu. Ces visites à l'hôpital. La danseuse étoile danoise. Un trafiquant de manuscrits louches, voilà de quoi il s'agit.

— Vous êtes un bébé, Lars. Vous n'en comprenez pas un traître mot.

— Louches, comme vous y allez, dit le Dr Eklund. C'est ce que l'on appellerait une petite ouverture. Mme Eklund sait que je n'aime pas qu'elle se mette à distribuer des choses, alors elle ferme ce petit rideau.

Le Dr Eklund se leva et se mit à errer : il alla prendre la bouilloire sur le réchaud, l'agita pour entendre la quantité d'eau qui y restait, et la remit en place. Dans cette galerie étroite et confortable il avait l'air massivement marin — plus comme un navire que comme un capitaine. La jonquille sur sa tige aurait pu être une autre pipe qu'il s'apprêtait à fourrer entre ses dents. Il avait cependant perdu tout intérêt pour sa pipe, il était distrait ; il l'avait laissée s'éteindre.

— Tout ce qui est original — tout ce qui est chef-d'œuvre, vous savez — a besoin d'une petite ouverture pour commencer. Si vous tenez à dire louche, je ne nie pas qu'il existe des transactions qui ne se négocient pas en plein soleil. Trop de lumière fait pourrir la marchandise. D'un autre côté, après trente ou quarante ans sous le manteau, un texte devient peu sûr de lui. Bégueule, pourrait-on dire. Il faut parfois un certain pouvoir de persuasion pour l'attirer hors de sa cachette. Cela pourrait s'exprimer en francs ou en marks ou en roubles ou en couronnes, ce qu'on a sous la main. Les textes s'en moquent. L'argent les réjouit et ils veulent faire montre de leur bravoure. Alors ils glissent la tête à l'extérieur. Si seulement j'avais une telle somme à moi.

— Vous y voilà. Vous avez tout entendu, dit Heidi. Désormais vous pouvez cesser de faire le bébé à propos de ces choses. Comme si tous ces articles de Varsovie étaient venus ici à partir de rien ! S'il n'y avait pas eu le réseau du Dr Eklund...

— Non, non, interrompit le Dr Eklund. Au début il n'y a effectivement rien d'autre que rien. Tout surgit à partir de rien. Voici *Le Messie*, à partir de rien.

Il fit résonner ses anneaux contre l'amphore de cuivre : il en sortit la trille d'un carillon de famille — les trois coups d'une vieille pendule.

— Et cette femme remarquable — cette belle, nerveuse et noble femme — n'est-elle pas, elle aussi, surgie de rien ?

Il avait saisi Adela par les épaules ; les siennes formant une bosse ridicule parce qu'il se courbait pour amener son long visage face à celui d'Adela. Il y avait quelque chose de curieusement travaillé dans l'échange de lueur qui se produisit entre leurs yeux. Leurs deux fronts s'inclinèrent à se toucher : entre les deux un détroit qui abritait peut-être des signaux. Mais peut-être rien de plus que les croissants scintillants des lunettes du Dr Eklund projetant des reflets. Le capitaine au long cours avec son regard de propriétaire, son étreinte puissante de pirate. Il lui avait déjà lâché une épaule et lui caressait l'aile du nez. Non, inconcevable : il écartait un cheveu qui la gênait. Geste singulièrement intime, comme celui d'un chat nettoyant à coups de langue sa propre patte — on y déchiffrait une nuance d'habitude. Adela réagit à peine ; tout juste si elle y prit garde. Elle était concentrée sur sa propre humeur : accoutumée aux caresses machinales de ces gros doigts ; cela sembla durcir le contour résistant de sa lèvre. C'était sa lèvre seule qui résistait, elle-même se faisait de plus en plus docile. Elle ressemblait à quelqu'un qui a accompli son devoir. Ils avaient déjà agi de concert auparavant, Adela et le Dr Eklund — une telle chose était-elle possible ? Ils avaient la capacité d'accommodation mutuelle d'un vieux couple ; cela ne comptait pas que le Dr Eklund fût sûrement de trois décennies d'avance dans l'océan de la vie. Quelque chose s'était formé entre eux : quelque chose de plus abrasif que la simple familiarité. Avaient-ils été amants autrefois, était-ce cela son devoir, désormais loin derrière elle ? La femme plaisait encore à l'homme ; l'homme ne plaisait plus à la femme. Mais elle se prêtait au jeu. Elle obéissait.

Elle rejeta la tête en arrière ; elle se tortillait pour se dégager. Un mouvement de rancœur puérile. Cette femme de quarante ans gigotait comme une enfant. Cela mit dans l'esprit de Lars le petit corps glissant de Karin, de tristes années auparavant, s'arrachant à son étreinte ; le jeu d'Ulrika avait été de monter Karin contre lui. Adela était aussi souple ; c'était seulement sa lèvre qui était dure. Sa tête, dans le mouvement qui la rejetait en arrière, fut tout à coup nouvelle : il enregistra les rides qui sculptaient la commissure de ses yeux, les chardons blancs qui parsemaient sa chevelure, l'enfant qui chatoya l'espace d'un instant — tout cela était nouveau. Elle n'était plus ce qu'elle avait été. Il s'était imaginé une Adela de miroir ; il s'était imaginé qu'elle était sa sœur. Elle n'était pas sa sœur. C'était une illusion née d'une conspiration. Elle était aussi différente de lui qu'il était au pouvoir de la nature de la faire. Elle appartenait à un autre lignage. Sa mère à lui — cette omission — n'était pas sa mère à elle, qui qu'elle fût. Celui, qui qu'il fût, qui l'avait engendré lui, ne l'avait pas engendrée elle.

Puis il vit — un vent qui souffla à travers son cerveau — qui l'avait engendrée elle.

Adela était libre. Le Dr Eklund l'avait libérée. Elle se tenait un peu à l'écart de lui. Elle ne voulait plus rencontrer son regard.

Heidi se laissa tomber sur sa couchette et soupira.

— Ne pourrions-nous parvenir à un accord ?

Vous n'avez qu'à dire que vous êtes d'accord, c'est tout.

— J'ignore ce avec quoi vous voulez que je me déclare d'accord, dit Lars.

— Si vous le savez. Vous le savez très bien.

— Il y a de l'argent à gagner, dit Adela d'une voix ténue ; mais cette douceur et cette ténuité renfermaient une brutalité suggérée, comme un faible éclair dans le lointain.

— La valeur du sublime, dit le Dr Eklund.

Les voix de leurs manigances plausibles concordaient — ils auraient pu être deux urnes du même ancêtre, forme pour forme, courbe pour courbe.

— Cela ne sortirait pas de votre cerveau, dit Heidi. Ce ne serait pas comme cet œil — vous pourriez l'établir directement en pleine lumière. Aussi massif et réel que cette jarre.

— Encore cet œil. Qu'est-ce que c'est que cet œil ? demanda le Dr Eklund.

— N'en parlez pas, dit rudement Lars. Ne vous ai-je pas dit que c'était fini et bien fini ?

Adela reculait ; elle était très silencieuse. Lars remarqua pour la première fois que son nez laissait apparaître un os étroit et aigu. Celui du Dr Eklund était différent. Le centre malingre du gros visage étalé du Dr Eklund était constitué par une brève boule de suif tranchée de part en part de deux longues estafilades. Ce n'était donc pas là qu'il convenait de chercher : le reste de la ressemblance. Alors elle pouvait être ailleurs, elle pouvait résider dans tout autre chose — telle manière d'actionner ou d'immobiliser tel ou tel muscle. Ce n'était pas dans leurs traits — ni le nez, ni la lèvre, ni l'œil. Lars ne savait pas où c'était. Il lui suffisait de le sentir, et pas seulement dans leur voix. De leur voix il était certain.

— C'est vrai, dit-il.

— N'approchez pas, dit Adela.

Mais il avait commencé. Il s'approchait irrésistiblement d'elle. Ce n'était pas le singe. Le grand singe était mort ; sa carcasse faisait un poids mort sur ses poumons. C'était lui-même désormais, c'était la combustion de sa propre force qui le faisait mouvoir.

— Oh oui, c'est vrai, je le vois par moi-même, et je vous présente mes excuses.

— Voilà ! dit Heidi. Je vous avais bien dit qu'il s'excuserait !

— Je ne pensais pas que c'était vrai, mais maintenant je vois que si. C'est exactement comme vous aviez dit que c'était. Vous êtes la fille.

— Je vous ai dit de ne pas m'approcher, dit Adela.

Il leva le bras. Il savait combien son bras était terrible, haut levé — combien il désirait la jeter par terre ! Combien il voulait lui piétiner le visage, le joli petit os d'oiseau de son nez ! Combien il désirait piétiner les plumes couleur de tourterelle de sa chevelure.

— Vous êtes la fille de l'auteur du *Messie,* voilà bien ce que vous êtes. Et l'auteur du *Messie,* c'est le Dr Eklund.

Un bruit affreux claqua contre l'amphore de cuivre comme une pièce de monnaie jetée : son vieux coassement, gorge nouée, râpeuse, ou quoi que ce fût : le cadavre vautré du singe soudain libéré.

— C'est un faux, n'est-ce pas ? Mme Eklund, c'est un faux, avouez-le ! C'est un faux, et vous voulez que je le fasse passer pour vrai. Que je le légitime pour vous. Comme c'est facile, je suis exactement l'homme qu'il faut pour le faire ! Pour le faire passer pour vrai aux yeux du monde, avouez-le !

— Quelle méprisable version est la vôtre, lança Heidi depuis sa couchette, mais elle en appelait au Dr Eklund. Lars s'en prit à Adela.

— Votre version n'est pas la bonne.

— Que savez-vous de Drohobycz ? Qu'est Drohobycz pour vous ? dit Adela de sa nouvelle voix ténue habitée d'éclairs lointains.

Son bras était haut brandi. Elle était en dessous du bras brandi de Lars. La jonquille diffusait son sirop jaune, et son bras jetait une ombre sur sa bouche, son cou et son menton ; mais n'avait-elle pas de ses bras à elle rejeté une obscurité sur son édredon, n'avait-elle pas effacé l'œil de son père de ses deux bras tendus ?

— Que le barbare ose, avertit le Dr Eklund, et le barbare paie.

— C'est moi le barbare ? C'est moi qui paie ? hurla Lars.

— A la longue, si vous le voulez — mais la bouche tordue et pleine d'or de Heidi était plongée dans son oreiller — cela va payer.

— Je vais vous montrer ce qui paie, je vais vous faire voir — et il abattit son bras comme s'abat un cyclone, les doigts recourbés en crochet, les doigts en feu, prêts à arracher, passant devant le mépris qui noircissait les yeux de foudre d'Adela — comme il voulait les lui arracher, les extraire avec ses ongles, marteler le plumetis de sa tête semblable à une tourterelle, comme il voulait la briser, piller son visage, comme elle s'était jouée de lui, comme elle avait effacé l'œil de son père, comme elle l'avait rendu orphelin, comme elle avait raillé et anéanti l'auteur du *Messie*... Ce fut un minuscule morceau de bois qu'il saisit au contraire dans sa plongée : une des allumettes du Dr Eklund sur la petite table de l'arrière-boutique, tombée près de la base de l'amphore de cuivre.

La première n'était pas bonne. L'extrémité en était carbonisée ; elle était brûlée. La table était jonchée de ces minuscules baguettes carbonisées. Il en découvrit une propre non utilisée, la craqua et la jeta dans l'embouchure de l'amphore puis regarda la flèche de feu qui en surgissait tout droit comme la flamme sort de la narine d'un ogre. La jarre fut secouée, elle rugissait, elle semblait hurler ; c'était comme si une bête démoniaque se balançait à l'intérieur, rebondissant contre les parois, hurlant son agonie.

Adela était par terre — flagellée, recroquevillée, rouée. Il ne l'avait pas touchée, pas même effleurée du petit doigt. Mais sa tête était tordue de côté : les deux rides verticales avaient pris la maussade apparence horizontale du signe égal. Son nez en bréchet coulait.

— Le voilà votre prêtre, vous l'appeliez prêtre...

— Éteignez, éteignez ! commanda le Dr Eklund.

Mais Heidi s'était déjà catapultée de sa couchette jusqu'à la bouilloire sur le réchaud, et versait de l'eau dans l'embouchure enflammée de l'amphore de cuivre. Le feu riposta et refusa de céder ; la flamme monta plus haut par à-coups, le gargarisme rugissant s'amplifia, la jarre continua de crépiter et de bouillir, martelant la petite table, dansant dessus comme un démon. Elle dansa jusqu'au bord de la table et s'écrasa à quelques centimètres du tas que formait Adela.

— Ma librairie ! Toute la boutique pourrait prendre, mon Dieu !

— Allez-vous-en ! Attention à vos cheveux ! Sortez de là !

Avec toute la brutalité bien ordonnée de son

soulier de capitaine au long cours, le Dr Eklund donnait des coups de pied à Adela pour la faire rouler.

Elle roula et gémit.

— Doucement, taisez-vous, vous ne pouvez pas ! Olle, remplissez-la de nouveau, remplissez-la. Et elle tendit la bouilloire au Dr Eklund, tandis que Heidi piétinait les grandes feuilles de chou brûlées qui glissaient hors de l'amphore de cuivre — feuillets noirs qui se recroquevillaient en s'ourlant de délicates guipures rougeoyantes. Un flot s'abattit en chuintant à travers la fumée.

« Voilà, nous l'avons, remplissez-la de nouveau... »

L'amphore de cuivre était devenue noire au rebord : elle bredouilla, crachota, expira ; elle fumait sans fin. Les fleuves qui dévalaient le long de ses flancs brûlants montaient en vapeur parmi les braises. La fumée s'aventurait partout.

Heidi s'essuya les yeux à un pan de sa manche.

— Vous nous avez jeté à l'intérieur d'une cheminée ! Méchant homme ! Esprit dérangé !

Le Dr Eklund dit froidement :

— Incendiaire.

— Vous nous feriez frire !

Adela murmura depuis le plancher :

— Ne vous avais-je pas dit qu'il était prêt à tout...

— Faussaire, dit Lars.

— Et n'êtes-vous pas celui qui s'est inventé un

faux père ? Imposteur réfugié ! C'est l'hôpital qui se moque de la charité, fulmina Heidi.

— Barbare.

Le Dr Eklund cracha sur l'amphore noircie : un éternuement de vapeur en rejaillit.

— Moi, j'aurais pu faire ça ? Moi, moi ? C'est un séraphin qui l'a fait ! Imbécillité — moi, j'aurais pu faire ça ? C'est l'instinct qui l'a fait ! La transfiguration, est-ce là ce que vous croyez ? Le complot donne naissance à un chef-d'œuvre ? Vous l'avez regardé, vous l'avez vu ! Vous croyez que ce qui est sublime de naissance peut être trafiqué ? Comment, sans le génie de ce mort ? D'où tirerais-je l'énergie de cette imitation ?

La fumée l'engloutit alors ; le capitaine au long cours était devenu un mandarin chinois aux prises avec un langage incrusté se déplaçant à travers des formes puissantes, il tomba dans une longue clameur de toux. Il toussa et blanchit.

— Croyez-vous qu'il existe un œil magique qui tombe du ciel pour vous inspirer ? Barbare, où est-il cet œil ?

— Mme Eklund, dit Lars s'adressant à elle, il n'y a pas que la librairie, n'est-ce pas ? Les affaires de la famille comportent plus que la seule librairie.

Ses pieds pataugeaient dans des flaques, il se sentait imprégné de fumée.

— Il ne s'agit pas seulement de faire entrer et sortir des gens — il ne s'agit même pas de les mettre dedans, c'est ça qui est admirable. Vous m'avez mis dedans moi, roulé dans la farine, quasi depuis le début. Une meute d'escrocs, je m'en fiche — ce n'est pas l'entreprise familiale. Vous voulez concurrencer Dieu, voilà ce qui compte.

Adela leva son visage ravagé. Une trace sanglante barrait l'arête de son nez fragile. Ce n'était pas l'œuvre de Lars ; pas même le passage de son petit doigt brûlant. C'était son père qui l'avait ainsi frappée. Le féroce coup de pied de l'auteur du *Messie*.

La tête du Dr Eklund brillait comme un bouclier poli. Il arracha les branches de ses lunettes à ses oreilles ; et voilà qu'elle surgit sans crier gare — la ressemblance. Elle ne résidait dans aucun centimètre particulier. Elle était partout — similitude, pulsation des ancêtres. Ses yeux nus répandaient la catastrophe : il n'avait plus rien pour se défendre maintenant, ni ses bagues ni l'éclat militant de ses boutons de marin. Son gros visage balafré avec ses épouvantables narines cratères poursuivit à vide, vieux paysage usé impropre à toute habitation. Sauvage jusqu'au désertique. Le même air qu'Adela exactement, enfin.

15

A cinq heures de l'après-midi, un petit peu plus de sept mois après l'incendie de l'amphore de cuivre — la marmite venait de se disperser — une femme nommée Elsa Vaz, accompagnée d'un petit garçon, vint voir Lars Andemening au *Morgontörn.* Il avait son propre box désormais. C'était une minuscule pièce nue, aux parois de frisette, équipée d'une table fendue (précédemment celle de Nilsson) et d'une chope de porcelaine bleue (indiscernable de celle d'Anders) ; d'une machine à écrire, d'une cafetière, et d'une chaise couverte d'un coussin déchiré, rembourré de noyaux de pêche. L'air était épaissi de poussière de plâtre — on était en train de crever tous les murs du dernier étage du *Morgontörn* pour renouveler le câblage électrique. Nilsson avait annoncé l'installation d'une batterie complète de terminaux d'ordinateur : certes, le personnel du *Morgontörn* ne pouvait espérer rattraper celui de l'*Expressen,* mais au moins il pourrait désormais saluer le siècle dans lequel il vivait — par déférence auquel Nilsson avait acquis un nouveau bureau resplendissant, entièrement fabriqué d'une substance jusqu'alors exclusivement réservée à la face inférieure du fuselage du nez des capsules spatiales.

Elsa Vaz expliqua à Lars qu'elle s'était d'abord rendue à son ancien appartement, pour y apprendre qu'il avait déménagé depuis quelque temps. Il pinça pour les y remettre ses lunettes qui ne tenaient pas en place (il fallait s'y habituer) et répliqua qu'elle aurait pu lui téléphoner : il avait un grand appartement dans Bergsundsstrand, non loin de l'endroit où Nelly Sachs avait autrefois résidé ; c'était une rue civilisée, et les civilisés ne se téléphonaient-ils pas avant de faire irruption dans un bureau ? Cette imbécile du rez-de-chaussée ! Avoir laissé monter Elsa Vaz chez lui, et avec un enfant ! Après tout, son horaire était assez rigide, il avait énormément de lecture à faire et ne pouvait supporter d'interruptions d'aucune sorte : il devait s'occuper de sa rubrique du lundi, pour ne rien dire des masses de courrier qu'elle lui apportait.

Le petit garçon — il semblait avoir dans les six ans — se débattait contre un rhume, se frottant lamentablement avec deux grands mouchoirs blancs et s'agrippant aux genoux de la femme. Il ne cessait de frissonner et d'éternuer à l'occasion, se blottissant entre ses propres épaules. Elles faisaient saillie : paire de petits pics aigus entourant une tête en forme de noix.

Lars se rencoigna, songeant aux microbes.

— N'est-il pas trop malade pour sortir ?

— Je n'ai personne à qui le confier — nous sommes dans une espèce de meublé.

L'opiniâtreté dans la résistance qu'il connaissait bien. Cela lui rappelait sa vieille méfiance.

» Et de toute manière le pauvre petit serait perdu. Il ne parle que portugais.

— Pourquoi ne pas le confier à la librairie ? Ils peuvent faire face à n'importe quoi là-bas.

— Elle a quitté Stockholm, vous ne le saviez pas ?

Il lui lança un regard impartial, les yeux écarquillés.

— Comment le saurais-je ?

— La librairie est vendue.

— Je ne passe jamais par là.

Il se concentra sur son visage ; il ne ressemblait pas au souvenir qu'il en avait conservé.

— Je n'aurais jamais cru qu'elle y renoncerait.

— Il l'y a forcée. Il a dit que ça suffisait. Ils sont partis vivre à Anvers. Il y a de meilleures occasions là-bas.

Le petit garçon émit un rapide sanglot animal, suivi d'une demande incompréhensible dans une langue qui — quelle qu'elle fût — n'était pas le portugais. Le français ? Le polonais ? La femme dit :

— Me laisseriez-vous m'asseoir ? Comme ça je pourrais le prendre sur mes genoux.

Lars abandonna son siège à contrecœur.

— Les occasions, fit-il en écho, tout en la regardant disposer sa jupe en forme de nid pour l'enfant. Vous savez ce que c'est, la date de remise de ma chronique approche...

— Je me suis mise à vous lire depuis que je suis arrivée. Vous êtes devenu exactement comme les autres, annonça-t-elle.

— On me dit que je jouis d'une certaine célébrité.

— Vous êtes un critique ordinaire.

— Même un critique peut se faire une réputation.

— Lundi dernier, un roman policier. Le lundi d'avant — je ne me rappelle pas, était-ce l'autobiographie d'une vedette de cinéma ?

— Alors vous êtes arrivée depuis deux semaines, dit-il.

Elle rit par-dessus la tête de l'enfant.

— Les romans policiers présentent au moins cet avantage ! Mais non, ça fait presque trois semaines. La première, nous sommes arrivés un mercredi.

— Pour affaires, conclut-il. Les occasions. Vous êtes son envoyée.

— Dites tout ce qu'il vous plaira.

— Vous portez un autre nom maintenant.

— Je porte toujours des noms différents, c'est une question de bon sens.

— Pour différentes tâches ?

Il baissa les yeux sur le gamin ; il avait fermé les siens, mais les paupières étaient lourdes et rouges.

— Il a un rôle à jouer lui aussi ?

On frappa, à cet instant même, sur l'une des cloisons de frisette : c'était Gunnar Hemlig qui distribuait le courrier.

— Nilsson a dit de te donner ça.

Il laissa tomber une boîte débordant d'enveloppes et s'éclipsa. Il n'avait rien à dire à Lars. Anders quand il le rencontrait était presque aussi silencieux.

Lars les avait affrontés ; ils étaient enflammés contre lui. Il avait remis en place toutes les choses qu'il avait autrefois mises à l'écart. Ce n'était pas seulement la question du mobilier dont il bourrait son nouvel appartement — la marmite avait depuis longtemps fait le tour de la question. Il avait un téléphone branché sur un répondeur automatique ; il avait une machine à écrire dans son box, comme le reste d'entre eux, mais chez lui il avait un « traitement de texte » avec un écran qui faisait pleuvoir des lettres vertes du Japon et une imprimante électronique qui tapait avec des doigts fantômes à une vitesse égale à la chute du soleil au bout du monde. Nilsson automatisait le *Morgontörn*, mais Lars Andemening se robotisait lui-même. Il gardait — telle était du moins l'opinion de la marmite — une femme robot sous son lit. Elle était rangée dans une vieille caisse de vodka. Au beau milieu de la nuit Lars pressait un bouton et elle prenait en cliquetant la position, se construisant elle-même pièce par pièce. Elle était faite principalement de mousse de polystyrène et articulée à l'aide de vieilles alliances rachetées en gros à un avocat spécialisé dans le divorce qui en avait de pleins boisseaux ; la seule tâche qu'elle requérait de Lars était de mettre du rouge sur ses pâles joues poreuses et de satisfaire ses vibrations.

Ainsi allait la marmite, mijotant. Nilsson envisageait de trouver un autre jour pour Lars afin, disait-on, de l'ajouter à ses lundis. Il était rapide ; il était prolixe ; il s'était mis à vivre selon un horaire régulier et hantait rarement le bureau après minuit. Il était réformé, guéri, il s'était remis de sa vieille maladie. Il prenait la critique au sérieux. Il avait, selon toute apparence, renoncé à l'angoisse existentielle, il avait renoncé à ces indéchiffrables qui montent comme une vapeur du pylore de l'Europe centrale. Il s'en tenait aux Suédois et aux Américains de meilleure compagnie ; on ne l'entendait jamais prononcer les noms de Kiś, Canetti, Musil ou Broch ; il n'avait plus Kafka sur la langue. Il en avait fini avec tous ces grotesques. Il était semblable à un homme sorti inopinément du coma, après avoir été déclaré endormi pour la vie, et qui reprend sa vie normale. C'en est le caractère routinier lui-même qui semble alors extraordinaire.

La marmite bouillait, mais avec placidité ; elle était atténuée ; elle ne se montrait désormais qu'assez doucement écumante. Au cours des six derniers mois, alors que jamais auparavant elle ne s'était le moins du monde avisé de son existence, Lars en était devenu l'habitude la plus régulière. C'était, en fait, Gunnar Hemlig et Anders Fiskyngel qui avaient lancé cette toute dernière cuisson — cela leur incombait, personne ne savait pourquoi, Lars moins que tout autre. Gunnar et Anders étaient soudain devenus les ministres du culte de Lars Andemening dans le rite de la marmite — la marmite dans toute la frénésie des débuts de cuisson. Gunnar en particulier jouissait de cette grandiose comédie — Lars, cette belle âme, avec son nez maigre fourré jusqu'à la garde dans les belles-lettres, s'était fait avoir par une famille d'escrocs, de faussaires, de voleurs, amoureux du grand art, symbolistes. Pris au piège et consumé — leur parfum démoniaque, leur doux leurre et leurs ruses. Mais non, la question, rétorquait Anders, n'était pas là ; ces beautés n'étaient pas un produit national. Une meute de Polonais, une bande d'étrangers, six ou huit, quatre Turcs, deux Portugais, peut-être quelques Gitans. La maîtresse de Sven Strömberg tirait sur son col masculin et reprenait le fil : des Gitans, oui, indiscutablement une Gitane parmi eux, sur la peau brune du dos soyeux de laquelle on avait tatoué — dans sa petite enfance, en minuscules lettres vertes — un psaume perdu, omis par la génération des canonisateurs, et qui voyageait depuis des siècles, passant de dos en dos entre certaines jeunes femmes dans certaines tribus romani, jeunes femmes à la langue fendue, nées muettes. A mesure que grandissaient ces enfants sélectionnées du crépuscule, les lettres vertes s'étalaient sur leur torse ; par des moyens insidieux et moyennant une rétribution magnanime (d'où le grand appartement, le mobilier neuf, les robots), Lars avait été contacté pour transcrire : il fut saisi, bon gré mal gré, étant tout particulièrement indiqué, selon les anciennes formules, dans la mesure où la fille qui portait pour l'heure le psaume gravé à l'intérieur même du delta de ses fesses était sa propre fille qu'on lui avait volée... La version de Sven Strömberg était plus simple. Le chef des escrocs était Olof Flodcrantz sous un déguisement.

Ainsi allait la marmite, ricanant. Gunnar et Anders faisaient observer que ces clowneries n'étaient qu'à peine aux dépens de ce pauvre Lars dont on avait dupé la faible intelligence. Lars meurtri et renversé. Ça lui apprendrait à être exalté, ça lui apprendrait à cultiver les extases privées du visionnaire ! — il avait reçu une bonne leçon. Son orgueil en avait pris un coup, devenu humble il condescendait désormais à marcher de nouveau parmi les hommes.

Pourtant la marmite passa brusquement des attaques contre Lars à des tentatives de réconfort. On ne le mettait plus à bouillir, on lui passait le bras autour des épaules. Le caquet de la satire s'adoucit. On se contenta de le taquiner, c'était un camarade. Gunnar et Anders, surpris par ce changement d'esprit, observèrent Lars, avec sa chevelure grisonnante et ses joues de bébé, qui commençait à grandir. Ils regardèrent de nouveau : il n'était plus aussi fixé dans la jeunesse qu'il l'avait été ; on voyait au premier coup d'œil qu'il n'était pas un gamin. Impossible désormais de le prendre pour quoi que ce fût d'autre qu'un homme dans la force de l'âge — ces rides creusées dans l'espace qui séparait ses sourcils, ces débuts d'oued qui s'écoulaient depuis les coins de la bouche vers le léger renflement de part et d'autre de la mâchoire... il grossissait. Il ne parvenait plus à négocier un paragraphe sans l'aide de ses lunettes. Et pourtant il continuait de grandir. C'était comme si une volute de fumée, trop évasive pour la plus précise des caméras avait tout à coup durci pour donner une statue : Lars était là et bien là. Les clients du lundi commençaient à s'éveiller ; ils lui écrivirent des lettres. Ils lui écrivirent cinq ou six lettres ; puis ils lui en écrivirent des dizaines. Il dépassa Gunnar, il dépassa Anders ; il recevait plus de lettres que quiconque. Il n'était pas comique, il n'était pas querelleur — qu'était-il au juste ? Quoi qu'il fût, il produisait trop : Nilsson était prêt à le laisser déborder sur le mardi. Cela doubla son salaire, et il l'encaissa aussi innocemment que s'il l'avait mérité. Ils examinèrent sa prose : dissimulait-elle un truc ? Était-ce quelque chose qui ne permettrait jamais de le prendre sur le fait ?

Un soir Gunnar crut qu'il avait vu. Lars avait cessé de purifier sa vie. Cette absence, cette cessation, produisait l'effet d'un ingrédient. Cet ingrédient était le contraire de la purification. Intensément gratifiant, il recouvrait, engloutissait, quasiment tout le monde ; c'était le plus rose des miroirs, il flattait.

— Et quel est cet ingrédient fabuleux ? s'enquit Anders de retour du robinet. Il avait cessé de demander à Lars d'aller lui chercher de l'eau. Lars avait grandi, sans compter qu'on ne pouvait désormais plus espérer rencontrer Lars quand les souris étaient de sortie. Il faisait quelque chose d'autre de ses nuits. Quant aux souris, Nilsson se disposait à faire appel au service de la dératisation qui viendrait sitôt que les électriciens auraient terminé. Les murs éventrés avaient livré leurs nids au grand jour.

— La médiocrité, dit Gunnar.

Il n'était pas méchant mais avait reconnu la nécessité d'une mise à mort de Lars. Que peut-on faire d'autre à un type qui prospère sur le scandale ? Olof Flodcrantz était rentré clandestinement de Finlande mais du moins s'était-il éclipsé vers le sud pour prendre un emploi à Malmö ; il se montrait rarement. Il n'insultait pas les gens en leur jetant sa poudre aux yeux.

Ils attendaient que la marmite tourne. La marmite tourne toujours. Elle avale. Elle recrache. Elle continue de bouillir.

16

Le *Morgontörn* se vidait. Les électriciens et leurs gros marteaux étaient partis depuis longtemps. Ils avaient commencé à huit heures ce matin-là en ouvrant dans un bruit de tonnerre des tranchées dans les murs ; jusqu'à une demi-heure avant le déjeuner les antiques étages supérieurs du *Morgontörn* avaient vécu dans la convulsion. Puis les électriciens s'étaient dématérialisés. Pour l'instant c'étaient les secrétaires qui gagnaient la sortie, flottant dans l'escalier comme des confettis. Nilsson refermait à la vitesse d'une fusée les beaux tiroirs neufs de son bureau astral. L'ascenseur, comme le battant d'une cloche frappant les parois de sa cage, alla périlleusement et à grand fracas le déposer au niveau de la rue. Il ne restait rien de la marmite : pas même le fond de casserole. Gunnar avait déjà traversé la place, pour prendre son thé mensuel avec le bibliothécaire de l'Académie, événement calculé pour impressionner la marmite, si seulement elle lui donnait une chance de le raconter — quelle amertume qu'elle n'eût pour le moment d'oreille que pour la vie et les œuvres de Lars Andemening ! Anders avait pris l'autobus qui le reconduisait chez lui dans le royaume fossile de sa maisonnée préhistorique : le beau-père des premiers âges, la tante antédiluvienne.

L'enfant, entre-temps, s'était endormi avec une moue en forme de tube étroit — mais suffisant pour laisser passer un ronflement périodique, incongru dans un si petit être. Le ronflement avait quelque chose de léonin.

Le visage de la femme n'était pas tel qu'il se le rappelait. En six mois elle — non, il ne dirait pas qu'elle s'était endurcie ; mais elle avait quelque chose d'audacieux désormais. Il ne voulait pas dire ce vieux grain d'entêtement, il ne voulait pas dire non plus impudence ; ce qu'il avait à l'esprit était tout le contraire. Elle semblait désespérément tranquille. Formée : silhouette moulée dans quelque métal élémentaire. Pietà immobile, claire comme le cuivre — c'était peut-être l'influence du gamin dans son giron. Quant au ronflement — c'était comme si elle avait brandi une trompette vivante qui risquait de retentir à tout moment.

— Pourquoi ce meublé ? la défia-t-il. Je pensais que vous aviez des tas d'argent, vous autres. Pourquoi pas un agréable endroit chic à quelques pas de promenade du *Café Opéra* ? Quels gâteaux ! C'est injuste pour ce petit bonhomme.

Elle posa ses lèvres contre le front du garçonnet.

— Il est en train d'attraper la fièvre.

— A moins que le meublé ne fasse partie de la mise en scène ? Un effet bien adapté ?

— Vous croyez que tout ce que je fais, c'est de la comédie.

— Tout ce que je connais. Ils vous ont bien ligotée. Vous faites ce qu'on attend de vous.

— Il allait bien il y a encore une heure, murmura-t-elle : sa main était posée sur celle de l'enfant.

— C'est le trac, avança Lars.

— Ne dites pas de choses pareilles. C'est mon petit garçon.

— L'entreprise familiale ! Combien de pères, combien de mères, et maintenant *subito presto*, un fils...

— Je ne suis pas comme vous. Elle s'interrompit. Pas comme vous.

Il la dévisagea de nouveau de son air impartial.

— Le Dr Eklund n'est pas imaginaire, non. C'est bien dommage. J'ai cru qu'il l'était.

— Et ma mère non plus. Ma mère est à Grenoble avec un nouveau mari. Je vous l'avais dit.

— C'étaient des histoires.

— Pas entièrement.

— Pas entièrement ! Et ayant attendu si longtemps vous êtes prête à démêler les choses ? Toute la distribution ?

Un ronflement gargantuesque couvrit ces derniers mots. L'enfant, réveillé par sa propre vibration, remonta ses jambes, se tortilla et sembla retomber dans le sommeil. Deux traînées de larmes serpentaient jusqu'à son menton — c'était comme la petite tige d'un gland — et jusque sur la manche d'Elsa Vaz : les narines qui respiraient durement coulaient, les paupières lourdes mouillaient.

— Je n'aurais pas dû venir, dit-elle.

— Effectivement. Maintenant que je vois pourquoi vous êtes venue.

— Vous ne voyez pas.

— Une grandiose mise au point. Ce haut responsable du Parti, était-il inventé lui aussi ?

— C'était l'ami de ma mère. Je vous l'ai dit, Tosiek Glowko.

Et la vieille veuve avec la boîte, et le vieux veuf de Varsovie, et les souliers, et ces papiers dans le four, et l'homme au long manteau noir...

Elle le regardait ; elle était immobile. Même ses pupilles étaient immobiles. On aurait pu y jeter un caillou sans les faire ciller.

— Vous ne connaissez rien de Drohobycz. Rien. Rien de Varsovie. Ce n'est qu'une question d'appétit pour vous — c'est comme vous voulez que cela soit — vous n'avez pas la plus petite idée de ces endroits.

— J'y suis né. Je suis réfugié.

— Vous pouvez bien répéter ça autant que vous voudrez, vous n'en continuerez pas moins à ignorer l'endroit où vous êtes né. Un conte de fées. Vous vous êtes choisi un père en trompe-l'œil dans un livre. Qui d'autre fait une chose comme celle…

Son immobilité céda ; il cligna des yeux : son propre œil piqué par cet autre. Ce n'était pas tant un souvenir qu'une douleur, une brûlure. Cet autre œil ne répondrait plus à sa convocation, même au rebord le plus pâle de la mémoire. La vérité était qu'il ne pouvait plus le rappeler. Quand il tentait de le visualiser, il ne voyait qu'un très petit tas de cendres, irrégulièrement arrondi, pas plus gros que l'ongle du pouce. Ces cendres grises auraient pu passer pour un petit tas des cheveux d'Elsa Vaz.

— Dites-moi, dit-il, existe-t-il un père pour ce garçon quelque part ? Ou bien faudra-t-il qu'il s'en fabrique un tout seul ?

— Son père est au Brésil.

— Au Brésil ? Pas à Anvers ? Il a donc échappé à l'entreprise familiale ?

« Divorcé » fut ce qu'il crut l'entendre dire — le ronflement maladif de l'enfant enfla encore noyant les mots — mais c'était peut-être autre chose. Peut-être « forcé » voire « perdu » ou « écrasé », ou quelque chose d'aussi étiré dans les sonorités étranges qui sortaient du milieu de sa gorge. Ç'aurait pu être n'importe quoi, l'instant passa, une fois encore l'enfant se calma. Lars dit résolument :

— C'est vous la pire. Vous vous êtes nommée vous-même d'après un livre. Je n'ai pas fait cela. Vous avez chipé Adela, vous vous êtes vêtue de son nom, vous vous êtes livrée à une mascarade...

— Mme Eklund pensait que cela vous attirerait. Elle voulait que vous soyez intéressé.

— Mme Eklund. Et l'élève, l'écolière ? La fornication avec une enfant ! Avec l'une de ses propres élèves ! Cela n'était pas de Mme Eklund ! C'était de vous, n'est-ce pas — la fornication avec une enfant, n'était-ce pas votre idée ? Heidi n'aurait pas pensé à ça ! Je ne la crédite pas de cette chose-là.

— Créditez-la de ce que vous voudrez.

Elle baissa la tête.

— Je suis venue vous dire que vous avez été abusé.

— Utilisé, corrigea-t-il.

— Elle vous a blessé.

— Et pas le Dr Eklund ? Le Dr Eklund avec sa loupe merveilleuse ? Un croisement de Sherlock Holmes et de Barnum ?

— Pas mon père, non.

— Votre père, dit-il d'un ton vengeur.

— Il ne vous a blessé qu'un peu.

— Merci, rien qu'un peu. Je lui en suis reconnaissant.

— Vous l'avez blessé beaucoup plus. Il ne s'en est pas remis. Il ne s'en remettra jamais. Vous ne savez pas ce que vous avez fait. C'est pourquoi je suis ici, dit-elle. Je suis venue vous dire ce que vous avez fait.

— Ce que j'ai fait ! J'ai détruit son petit travail. J'imagine qu'une chose pareille peut bien prendre entre deux et trois mois à un spécialiste ? Alors tout va bien, il peut recommencer et en fabriquer une autre.

Elle répéta :

— Vous ne savez pas ce que vous avez fait. Vous ne le saviez pas sur le moment et vous ne le savez toujours pas.

— Bah, si je le savais, ce serait moi le spécialiste, non ? J'imagine qu'il faut bien choisir son encre, et bien choisir sa plume, et son papier, et sa dupe. J'imagine qu'il peut réunir toutes ces choses. Ainsi que des manuscrits utiles — lettres égarées, correspondance détournée — pour y conformer l'écriture, ça, c'est la première chose. Et après il vous faut une bonne conteuse, dans votre genre — une nature de comédienne je dirais — et beaucoup de manipulations de manière à rider le papier pour le vieillir à la hâte, des allées et venues dans des sacs, des cruches, et peut-être même des chaussures et des fours, et puis le trempage dans des flaques — tout cela est technique, je ne sais pas comment c'est fait. Mais avant tout il faut mettre au point l'histoire — c'est l'histoire qui compte, n'est-ce pas ?

— Ah, vous, les parasites littéraires.

Elle n'était que mépris épais ; le petit garçon remua entre ses bras. Elle était une madone du mépris.

— Vengeance et illusion, illusion et vengeance ! Vous croyez que tout est imagination. Il y a plus dans le monde que la seule imagination.

Le petit garçon frissonna, il était réveillé tout d'un coup. Lourdement il souleva son menton en forme de gland et jeta un regard torve tout autour du box. Dans l'ombre du seuil, dressée sur son arrière-train, une souris kaki était blottie. Elle tremblait tout entière. Ses oreilles vibraient ; ses moustaches s'agitaient ; elle dressait ses petites pattes comme des mains d'enfant.

Le petit garçon cria : un long hurlement aigu, et glissa sur le plancher.

— Il faut que je l'emmène.

— Vous n'auriez pas dû l'amener. Un enfant malade comme il est.

— Qu'est-ce que vous y connaissez, vous ?

L'épaisseur de son mépris. Il eut le sentiment qu'elle avait raison. Cela le frappa — il pensa à la boîte de couleurs de Karin qu'il avait jetée, à Karin elle-même volée et emmenée en Amérique — il fut frappé par l'idée qu'il avait échangé la vie toute chaude de sa fille contre un tas de cendres grises. Illusion, illusion ! Et argent. Ne devait-il pas lui-même la vie à l'entreprise familiale d'une voyageuse stipendiée à Varsovie voilà bien longtemps ? Il dit humblement :

— J'ai eu une enfant, autrefois. On me l'a prise, je ne l'ai plus.

— Platonique. Littéraire.

Elle ne le croyait pas, et pourquoi l'eût-elle cru ? Il l'avait dit lui-même : un inventeur de père peut tout aussi bien s'inventer une enfant.

— Vous n'avez donc rien à vous qui soit enraciné dans l'ici et le maintenant ? Vous devriez vous demander si vous existez. Peut-être n'êtes-vous que la théorie de quelqu'un d'autre. Le présupposé d'un autre.

Elle reprit son petit garçon dans ses bras.

— Vous, les amants de la littérature. Vous les parasites. C'est pourquoi je suis venue. Pour m'assurer que vous sauriez.

Elle n'avait pas de sympathie. Il ne savait pas ce qu'elle voulait qu'il sût.

— Vous avez achevé de le détruire. Carbonisé. Disparu. Le seul. L'unique. C'était ce que c'était.

— Le fac-similé du Dr Eklund.

Si brouillé ; si faible.

— *Le Messie*, énonça-t-elle : son visage était verrouillé, permanent ; un masque de cuivre vivant.

— De Drohobycz. *Via* Varsovie. Celui-là.

— C'est vous qui le dites, dit-il. C'est Adela qui le dit. Voilà tout.

— Brûlé. Anéanti. Vous comprenez ! pressa-t-elle.

— Vous voulez vous venger, voilà pourquoi. La fille du faussaire.

— C'était ce que c'était. Lui fait des passeports, c'est tout. Il ne peut rien faire d'autre. En tout cas il n'a jamais essayé. Il fait entrer et sortir des gens, pourquoi n'écoutez-vous pas Heidi ? Il peut vous faire entrer n'importe où. Ma mère va où bon lui semble. Et moi aussi.

Elle était, il le vit, en train de s'apprêter à partir, récupérant son fils. Elle allait se mettre en route, pour il ne savait où.

— La dernière création de Drohobycz, lui dit-elle, envolée en fumée.

Comédienne !

Réfugié imposteur !

Il n'aurait pu dire si elle allait choisir l'ascenseur ou l'escalier. A sa surprise, il entendit un double claquement au creux de la cage d'escalier, aussi rapide que les piqûres d'une machine à coudre : les pas du petit garçon tambourinant derrière les siens. Elle n'avait pas de sympathie, pourquoi cela ? Elle avait l'habitude de l'obéissance. Elle marchait pour son père. Et elle faisait marcher ces petites jambes.

Cela donna à Lars le temps qu'il lui fallait ; il ne lui en fallait guère. Il avait oublié dans quel tiroir du vieux bureau meurtri de Nilsson il l'avait fourré. Il fouilla à la hâte un tiroir après l'autre —

vide, rien d'intéressant dans aucun d'entre eux. Puis il le retrouva : le béret blanc, tout collant de l'humidité du *Morgontörn*. Il l'avait emporté au *Morgontörn* le lendemain du jour où il avait quitté son vieil appartement. L'édredon avait été abandonné : en tas sur le fauteuil de cuir au pied fendu, dans l'angle du hall.

Il courut jusqu'au sommet de la cage d'escalier — il ne voyait ni la mère ni l'enfant, mais le bruit de machine à coudre lui fit comprendre qu'ils étaient déjà tout près du rez-de-chaussée.

— Madame Vaz ! laissa-t-il tomber à travers l'obscurité verticale. Votre chapeau ! Reprenez votre chapeau ! Et il le lâcha en une lente spirale qui descendit, descendit, descendit.

17

Non qu'il la crût. De temps à autre il découvrait qu'il la croyait ; la plupart du temps il ne la croyait pas.

Ce qui continua à le troubler c'était l'odeur — cette odeur de roussi — à travers tout Stockholm. C'était une peste aux quatre coins de la ville, quelle que fût la netteté, la vivacité du vent. Parfois elle semblait s'élever depuis les eaux tourmentées des écluses ; parfois elle surgissait comme une vapeur de la pointe des clochers. Mais elle le retrouvait toujours, où qu'il fût, quelle que fût la saison. A croire que Stockholm, en brûlant, se transformait lentement en Afrique : l'odeur, hiver comme été, du zèbre rôti.

Il savait que c'était une hallucination — c'était une espèce d'hallucination — Heidi aurait soutenu que c'était une hallucination — c'était une fantaisie. Quand arriva la fin de l'année il avait presque arrêté de penser à l'odeur, sauf quand il s'éveillait le matin ; elle s'accrochait toujours à ses vêtements le matin.

La marmite, pour sa part, avait recommencé à ne guère remarquer Lars Andemening : encore que son courrier fût agréablement fourni et que Nilsson eût ajouté (malgré la pâle envie de Gunnar Hemling et d'Anders Fiskyngel) une petite gâterie du dimanche à son lundi et à son mardi.

Pourtant il arrivait à l'occasion — pas très fréquemment — que Lars se chagrinât de sa vie. Ce n'était pas parce qu'il avait échoué à la purifier. Et ce n'était pas à cause du *Messie* perdu. Et ce n'était pas parce qu'il était un orphelin vieillissant, qui avait mis le doigt dans un dictionnaire pour en tirer un nom. Ce n'était pas non plus à cause de cet œil trahi, jeté comme une brisure aveugle de charbon parmi les cendres de l'amphore de cuivre.

Quand, de moins en moins souvent, l'odeur jaillissait des crevasses du matin, Lars à l'intérieur de l'étroit vestibule de son crâne apercevait l'homme au long manteau noir qui se hâtait. Il se hâtait une boîte métallique de mercier sous le bras, il se hâtait, il se hâtait vers les cheminées. Alors, dans la lumière bleue de Stockholm, parmi les effluves de zèbre, il s'abandonnait à son chagrin.

Réalisation : PAO Éditions du Seuil
Achevé d'imprimer par Firmin-Didot
au Mesnil-sur-l'Estrée
Dépôt légal : août 2005. N° 83840 (74248)
Imprimé en France

e c

x

Lars (42 ans)

1 épouses - Birgitta

2 - Ulrika